DÉSAMOUR

Du même auteur

Bizutage et Barbarie
Bartholomé, Liège, 1998

Critique de la pensée sacrificielle
Seuil, « La couleur des idées », 2000

BERNARD LEMPERT

DÉSAMOUR

ÉDITIONS DU SEUIL
*27, rue Jacob, Paris VIe*

Ce livre est publié dans la collection « La couleur des idées »

ISBN 2-02-021951-4

www.seuil.com

Désamour

Affirmer que le désamour existe, reconnaître comme réelle cette part inhumaine dans l'humanité sans atténuer les faits par de la théorie, regarder la *nuit* en face et appeler horreur l'horreur, c'est immédiatement heurter cette part de nous-mêmes qui voudrait que le monde fût autrement. Et cette part résiste, elle dit que ce n'est pas possible, que notre pensée se trompe ou qu'elle exagère, ou qu'elle simplifie les choses ; qu'elle n'est pas assez complexe ni assez subtile pour saisir l'ambivalence, les inévitables contradictions de la psyché et celles du monde ; qu'il faut comprendre une situation dans son épaisseur et dans son histoire ; qu'il y a une densité des faits et que rien n'est tout d'une pièce ; et que de toute façon c'est impossible, puisque dans une famille il y a toujours, si ténu soit-il, un élan d'amour pour l'enfant, de même que dans les moments douloureux de l'histoire, il y a des forces vives au travail.

Discours compréhensible et finalement pathétique, discours de la fuite devant les faits, panique de la pensée qui ne veut pas voir et qui s'organise *pour* ne pas voir, immense édifice de mots pour qu'une zone terrible de l'existence ne soit jamais nommée, stratégie de l'évitement devant ce qui nous effraie – mais que nous ne pouvons combattre que si nous en admettons l'existence et que nous ne pouvons vaincre que si nous en avons d'abord pris la mesure.

Alors peut surgir un autre obstacle de derrière les fagots de la pensée, une conception tragique venue en droite ligne du fond des âges qui nous conseille de baisser les bras et de ne pas nous lancer dans une entreprise vaine, qui nous avertit qu'on ne mesure pas l'abîme et qui nous rappelle qu'il n'y a pas de honte à ce que l'homme admette son échec devant le monstrueux, que tout cela nous dépasse et que notre entendement jamais ne pourra rendre compte de l'indicible malheur humain, qu'il vaut mieux accepter dignement les prescriptions d'un destin qui nous englobe, de peur que les figures grimaçantes de ses sbires ne nous jettent dans de la folie. Vieilles menaces connues de la pensée fataliste, noble discours des âmes fatiguées qui, sans le vouloir ni le savoir, à leur tour jouent le jeu de la mort.

Et puis d'autres murs se présentent successivement pour nous barrer la route, dont le moindre n'est pas cette pseudo-scientificité, ce dernier avatar de l'esprit de sérieux qui nous intime l'ordre d'abandonner une certaine passion dans notre parole et qui nous dit que, puisque nous voulons aborder des faits, il faut nous départir de toute émotion et chausser les lunettes maintenant célèbres des entomologistes, c'est-à-dire considérer l'humain froidement, l'analyser le plus objectivement possible, le peser et le soupeser – et ne l'approcher en aucun cas comme nous le faisons, avec cette espèce de préjugé détestable selon lequel il y aurait, dans l'humain, de l'inhumain, puisque tout relève, anthropologiquement parlant, de l'humanité. Étrange, déroutante alliance entre le souci formel de l'objectivité et le refus de voir – sans doute parce que, de même que l'amour ne peut se comprendre qu'à partir d'une disposition amoureuse jusque dans la pensée, le désamour ne peut se saisir qu'à partir d'un certain deuil, deuil d'images idéales et de croyances enfantines, deuil de ce monde-là que nous aurions voulu et qui *aurait dû* être nôtre, deuil non pour se désespérer, mais au contraire pour faire la part du feu et rappeler l'immense possibilité de vivre. Et pour ce qui est du sacrifice – puisque nous allons parler de cela –, il est vrai que nous n'essaierons de le connaître qu'à partir d'une position éthique intransigeante : le refus. C'est parce que je refuse le sacrifice que je le pense, et je ne le pense que pour mieux le refuser encore.

Le désamour est un système de destruction qui, dans certaines familles, s'abat sur un enfant et voudrait le faire mourir ; ce n'est pas une « simple » absence d'amour, mais l'organisation, en lieu et place de l'amour, d'une violence constante que l'enfant non seulement subit, mais de plus intériorise – au point qu'on en arrive à un double engrenage, la victime finissant par prendre le relais de la violence exercée contre elle au moyen de comportements autodestructeurs.

Ça commence à la maternité. Et ça commence avec les premiers regards qu'on porte sur l'enfant, sur son corps à l'instant devenu visible. Si le premier regard, au lieu d'être aimant, se fait jugeant, alors s'ouvre un chemin de violence qui sera long. Sous ce type de regard-là, l'être souffre de se sentir comme une chose, il est *objectivé* au point de se sentir comme un objet, il n'est pas accueilli, il n'est pas pris, embrassé par de l'émotion dans les yeux. A peine né, le voici déjà tenu à distance et pour ainsi dire éloigné. Son impotence n'est pas considérée comme charmante, ses difficultés naturelles n'inspirent aucune profonde bienveillance, au risque qu'il se sente lui-même ridicule, voire grotesque, et qu'il souffre d'être là, au grand jour d'un jugement silencieux mais implacable, et qu'il souffre de cette condition visible qu'il découvre comme un poids, et qu'il commence, déjà, à s'en vouloir d'être arrivé dans ce berceau qui est pourtant joli. Il aimerait pouvoir présenter ses excuses et, si c'est vraiment trop grave que *lui* existe, réfléchir avec sa famille sur les moyens qu'il aurait de disparaître. Mais en même temps il désire vivre, et le voici aux prises avec d'incessantes contradictions : faut-il faire confiance à ce désir ou bien suivre la demande de ceux qui voudraient ne plus le voir ? Naître donnet-il le droit de vivre ou bien faut-il obéir à l'injonction non dite du désir de mort et se retourner contre soi ? Avec le sommeil les questions descendent dans les grands fonds de l'inconscient où se mêlent et s'entrechoquent d'autres angoisses et d'autres chemins.

Il est douloureux de grandir sous un regard hostile, on se demande ce qu'on a et on en vient à se dire que ce regard a peut-être raison et qu'on doit être coupable de quelque chose, qu'on ne mérite pas d'être vu autrement. L'enfant en vient à se dire qu'il n'est pas regardable, comme cette petite fille qui mettait toujours une écharpe sur la tête pour se cacher le visage autant que possible et pour qu'on ne la voie pas – « tellement je me sentais laide », disait la femme qu'elle était devenue. Elle ne faisait qu'intérioriser le regard porté sur elle et dont elle n'avait plus conscience, elle cautionnait la violence qui lui était infligée en pensant la « mériter », comme si elle cherchait à justifier l'injustice et ainsi à protéger sa mère qui ne cessait de lui parler durement.

La violence du regard peut encore chercher à se déléguer. Les parents, non contents de faire honte à leur enfant dans le privé du cercle de famille, demandent aux regards des alentours de participer à leur entreprise, comme si le groupe social était invité, à son corps défendant, à cosigner une attitude négative et dangereuse et comme s'il allait ainsi justifier à son tour, par inconscience, l'injustifiable. Une autre personne racontait qu'enfant on la mettait sur le paillasson dehors parce qu'elle ne mangeait pas, elle avec son assiette, et tous les gens qui passaient la regardaient. Peut-être n'étaient-ils pas indifférents, peut-être certains de ces passants s'insurgeaient-ils contre le procédé, mais en attendant ils ne le disaient pas, ils n'expliquaient pas leur éventuel désaccord à la petite fille. Ils estimaient sans doute que cela relevait d'une affaire privée et qu'on ne doit pas intervenir dans les familles – alors que la famille, elle, pendant ce temps, utilise bien la cage d'escalier, cette partie commune, pour amplifier la capacité destructrice de son regard et pour puiser au-dehors une sorte de complicité. Nous retrouvons toujours ce contraste entre l'excès de scrupules d'un côté et l'absence totale de scrupule de l'autre – la violence aimant à faire de la naïveté son alliée objective.

La personne adulte qui raconte reste encore en partie prisonnière, dans sa pensée, de cette pratique qu'elle dénonce. Elle reprend en effet le discours des parents quand elle dit qu'on la mettait dehors *parce qu'*elle ne mangeait pas. Et moi, simplement, je ne le crois pas, comme je ne crois pas qu'une cage d'escalier donne de l'appétit, ni qu'aucun parent ait jamais pensé qu'avec de telles méthodes un enfant finirait par manger. Mais je crois que ce qui intéresse certains parents – ceux de *certaines* familles – c'est de trouver des prétextes à une violence qu'ils ressentent constamment en eux – des prétextes et des discours justificatifs, parce que la mort a besoin de couverture pour s'exercer à l'insu de la conscience –, le moindre paradoxe n'étant pas ici que le système se cache en se montrant. Je proposerai donc qu'on décrive le processus dans sa chronologie : des parents sentent en eux une violence contre leur enfant, la petite fille ne la comprend pas, mais elle la ressent elle aussi, elle la ressent au point d'avoir l'estomac noué et de ne pas avoir envie de manger, de ne pas vouloir *manger de ce pain-là.* Son refus, qui est peut-être alors plus fort qu'elle, est le seul moyen qu'elle trouve pour s'opposer à un environnement qui la fait souffrir. Mais les autres vont *sauter* sur ce refus en la déclarant coupable, ils vont profiter de l'aubaine de la confrontation pour aller au bout de leur violence, et ils vont appeler raison ce qui n'est qu'un prétexte, et mesure éducative un peu stricte – « sévère, mais bonne », dira-t-on – ce qui n'est qu'une forme nouvelle pour cette sorte de haine qui les habite. Ce n'est pas pour apprendre à manger que la petite fille est mise dehors, elle est mise dehors parce qu'elle a toujours été mise en dehors du cœur, elle est pour ainsi dire condamnée à jouer la scène de l'exclusion dans le rôle qu'on lui a désigné d'office : celui de l'exclue. Ce faisant, la famille avoue ce qu'il faut bien appeler une représentation quasi théâtrale – et qui pourtant passe inaperçue – de la cruauté.

Le regard ne s'isole pas. Quand il juge et blesse, il le fait en même temps que des gestes et des attitudes qui, depuis le commencement, heurtent non seulement le corps de l'enfant, mais aussi son désir de tendresse. Les gestes parentaux se révèlent, dans ce contexte, purement utilitaires. Ils obéissent à la nécessité et s'en tiennent là, comme s'ils remplissaient simplement un devoir ou qu'ils payaient un impôt. Mais rien de plus. L'enfant a besoin d'être nourri ? Vêtu ? Soigné ? En principe – en dehors de situations encore plus ténébreuses – il le sera. Mais il sera nourri strictement, vêtu strictement et soigné pareil. Sans supplément de douceur, sans préalable tendre qui transfigurerait le besoin en plaisir. Nous retrouvons le corps-objet, *cela* dont on s'occupe, les soins accordés à l'enfant vécus comme une tâche à accomplir et non comme la forme pratique d'un sentiment éprouvé à l'intérieur. Ce sont ces gestes brusques qui peuvent, un jour, dégénérer en violence physique ; mais, même s'ils ne vont jamais jusque-là, ils continuent de délivrer un message de non-vie à l'enfant qui *est* ce corps qu'on traite avec si peu d'égards. Ce qui est alors violenté chez lui, c'est le sentiment qu'il a de lui-même. Qui est-il pour qu'on dispose ainsi de lui ? Est-il vraiment quelqu'un ? Ou quelque chose ? Mais quoi ? Et s'il demeure certain de son être malgré les blessures morales infligées, d'autres questions se font jour : « Pourquoi agit-on ainsi avec moi ? Qu'est-ce que j'ai fait ? Qu'est-ce que j'ai bien pu faire pour qu'on ne me voie pas et qu'on me houspille tout le temps et qu'on me tourne et retourne comme un paquet ? Qu'est-ce que c'est que cette histoire qui me tombe dessus et qui devient mon histoire et que je ne comprends pas ? »

Et malgré tout, au travers des interrogations et de la perplexité, au travers des épreuves quotidiennes, l'enfant poursuit sa demande d'amour, comme s'il ne pouvait pas faire autrement, comme s'il y était rivé, comme s'il ne voyait vraiment pas quoi faire d'autre dans ce monde – même si ce monde-là semble vouloir le décourager dans sa demande. L'attente de l'enfant ne reçoit pas de réponse, son corps aimant ne rencontre qu'un regard froid, distancié, ainsi que des gestes utilitaires, la demande d'amour se cogne contre le refus d'aimer et ce refus se constitue en désamour pour venir détruire celui qui vient troubler l'ordre mort des choses. C'est le fer contre la chair, l'imperturbable contre l'émotionnel, la glace qui vient heurter de plein fouet les courants chauds, la froideur du métal qui s'en prend aux palpitations d'un corps naturellement dominé par les sentiments.

Le corps des parents se fait machine pour ne pas répondre à ce qui les dérange, et la machine blesse et broie, comme dans ce rêve où un homme se voyait dans une pelle mécanique et où il se disait : « Si je bouge, elle me broie. »

Elle, c'est sans doute, vu le contexte, la mère, son corps, son ventre qui portait le corps de cet enfant que l'homme avait été, mais qui ne le portait qu'à une condition : qu'il ne bouge pas, qu'il ne gêne pas davantage – il est assez gênant comme ça avec son entêtement à exister, cette manie qu'ont certains enfants à persévérer dans l'être. Alors, pour échapper à cette menace constante, il faut bien se tenir, être sage et faire comme si on n'était pas là, comme si finalement on n'existait pas, comme si on était mort. Voilà, c'est ça : l'enfant va faire le mort – parce que c'est parfois la seule manière qu'il trouve pour vivre, tant on lui demande de mourir. Mais plus tard, quand il devient grand, il reste prisonnier de cette attitude qui lui avait permis de survivre : la protection est devenue un carcan, le vêtement d'hiver qu'on garde au mois d'août empêche de respirer. Alors la pelle mécanique peut signifier, aujourd'hui pour l'homme qui rêve, d'anciennes attitudes d'enfermement, d'autolimitation, de puissante censure tournée contre soi. Aujourd'hui, ce n'est plus lui avec son corps qui se trouve dans le corps quasi métallique et mécanique d'une mère qui n'aime pas, c'est sa mère avec sa psyché qui se trouve dans sa psyché à lui, cette mère devenue un comportement habituel qui enferme, cette histoire malheureuse qui est devenue comme une seconde nature et qui opprime la nature. Rapport de force qui se poursuit entre le désir et le non-désir, entre l'envie et l'interdiction, entre le « je veux vivre » et le « si tu vis, je te tue » – qui devient « si je me laisse aller à vivre, je risque de mourir » –, entre un enfant et ceux qui le brisent, entre un homme et l'écho dangereux de son enfance.

Le corps a du mal à se mouvoir selon ses émotions, parce qu'il a été contrecarré dans ses émotions. Il a mal de ne pas être reçu. Le corps de l'enfant a mal de ne pas être compris, il étouffe sous des attitudes parentales écrasantes, il se sent prisonnier des parents, comme prisonnier de leurs corps, comme si eux ne lui avaient pas vraiment donné son corps ou comme s'ils s'étaient retournés contre le sien aussitôt après l'avoir conçu – non seulement contre son corps physique, mais contre son corps émotionnel qui à la naissance manifeste une voix, des expressions, des gestes en demande. L'union des corps des parents n'est pas intériorisée comme un encouragement à vivre, mais comme une interdiction fondamentale – une sorte de contradiction dans l'œuf entre vivre et mourir.

Au cours d'une relaxation profonde, en rêve éveillé, une femme exprime ainsi ce qu'elle ressent :

> J'ai l'impression que j'ai un poids qui m'écrase
> une force qui me pousse pour descendre
> une autre qui me pousse pour monter
> j'ai l'impression d'être une statue de pierre
> que je ne peux pas bouger
> je suis coincée entre les deux
> je suis comme dans un étau.

Le corps qui souffre devient corps de pierre pour ne plus sentir ce qui fait mal, il cherche à s'insensibiliser pour résister à une véritable tentative d'écrasement. Le lieu où il est apparaît rétrospectivement comme un milieu hostile, la matière ne semble pas accueillante, il y a quelque chose – mais quoi ? – qui empêche de vivre et de respirer et qui oblige l'être à se blinder – contre ce qui l'entoure, contre sa propre tendance à intérioriser l'oppression, et finalement contre lui-même devenu partie prenante du système. L'opposition pénètre dans les fibres et dans les attitudes intérieures, la guerre se fait intestine, et en même temps souterraine, difficile à nommer et à dire, d'autant que le corps est contraint de se durcir. Le cœur ne se durcit pas, mais il est comme enchâssé dans du granit, comme s'il y avait quelque chose qui vivait sous une immense pyramide de pierre ou sous un éboulement.

Il y a le regard, les gestes – et maintenant les mots, et d'abord leur tonalité, cette dureté dans la voix dès le premier jour, cette sécheresse qui décourage, ce manque d'inflexion et de nuance qui masque mal le refus. La parole dite est comme fermée, et cette fermeture va progressivement s'organiser avec des expressions courantes qu'on banalise et qui constituent au fil du temps un véritable travail de démolition : « Tu es incapable ; tu n'y arriveras jamais ; c'est toujours pareil avec toi ; décidément tu ne changeras pas ; mais qu'est-ce qu'on a fait pour avoir un enfant pareil ? » On assiste à un acharnement des mots sur celui qui ne sait pas comment les éviter, quoi faire pour ne plus entendre. Certains le blessent directement dans son corps : « Ce n'est pas la peine de te regarder, tu n'es pas si beau à voir ; et puis d'abord tu es trop gros, ce n'est pas étonnant avec tout ce que tu manges. » Mais la voix pourrait dire aussi bien : trop maigre, ou trop grand ou trop petit. Ce qu'elle veut faire comprendre à l'autre – et qu'elle n'ose pas toujours s'avouer à elle-même – c'est qu'il est en trop, qu'on préférerait qu'il ne fût pas là, et tout est bon pour le lui faire sentir. Qu'importe la réalité de son corps, puisque l'intérêt consiste, non pas à dire du réel, mais à le blesser. Dans ces conditions, parler équivaut à meurtrir, et le corps assailli voudrait bien se cacher, comme il a cherché déjà à éviter le regard et les attitudes hostiles. Il voudrait se soustraire aux voix blessantes et songe à un quotidien qui ne relèverait plus de la guerre, à une famille démilitarisée. Mais les mots affluent et se diversifient : « Tu n'es bon qu'à... », jusqu'au couperet de la condamnation : « Tu n'es bon à rien » – ce qui signifie au fond : « Je ne trouve rien de bon en toi, parce que moi je suis incapable de me réjouir de toi, je ne suis en rien un parent selon le cœur, je suis pour toi dès le commencement une barrière d'injustice. » Mais l'enfant n'entend pas cette voix souterraine recouverte par des gravats d'inconscience, il n'entend que ce qu'on lui répète et dont il est abreuvé, il subit un véritable lavage de cerveau et, souvent, il finit par *craquer*. Alors il intériorise les propos destructeurs, il cède à la considérable pression de ceux qui veulent lui faire endosser leurs méfaits, et il se dit qu'effectivement il n'a pas beaucoup de possibilité, il se dit qu'après tout ses parents doivent avoir raison, il est un incapable, et lui-même ne se trouve pas particulièrement beau. Son visage n'est-il pas tendu ? Ses expressions ne sont-elles pas crispées ?

Même quand cette intériorisation des propos destructeurs ne barre pas entièrement l'affirmation de soi ni le désir de vivre, elle provoque des conflits dans la psyché. Peut-être un enfant relèvera-t-il le défi et pourra-t-il prouver aux autres et à lui-même « de quel bois il se chauffe », mais même alors il devra, ne serait-ce que dans un deuxième temps, affronter cette part en lui qui, au fond, doute de lui – comme s'il fallait encore évacuer tout ce poison de la parole qui lui avait été distillé des années durant ; qui ne l'avait pas tué, qui ne l'avait pas abattu, mais qui reste une zone de douleur en lui qui le mine et le menace.

Il arrive que ce soit le nom qu'on blesse – ou qu'on ignore. Il arrive qu'on se moque du nom de son propre enfant, comme si on cherchait à lui retirer ce qu'on lui avait donné ; ou qu'on l'affuble de surnoms péjoratifs, comme cette petite fille dont on se moquait en l'appelant *la pignouse*, « parce que je pleurais tout le temps ».

Nous retrouvons ici encore le processus d'inversion. Ce n'est pas parce que l'enfant pleure qu'on se moque de lui, c'est parce que depuis longtemps on se moque de lui qu'il pleure. Ce n'est pas parce qu'il est fragile qu'on le dévalorise, c'est parce qu'on l'a déjà dévalorisé qu'il est devenu fragile. Ce n'est pas *sa faute* s'il pleure tout le temps, c'est parce que tout le temps il y a quelque chose qui l'agresse. Et qu'est-ce qui l'agresse, sinon précisément *tout* – tout ce qui vient de ceux qui n'ont jamais su l'accueillir ni le chérir ? Comme si quelqu'un blessait quelqu'un d'autre dans son corps et s'écriait : « Évidemment, je m'emporte, évidemment, mais c'est parce que c'est énervant à la fin : il saigne toujours ! »

Il y a des familles qui font souffrir leur enfant et qui, par-dessus le marché, lui reprochent de souffrir. Derrière une porte sous un escalier où elle était punie quand elle était petite, une femme se souvient :

> Je pleurais souvent doucement
> parce qu'il ne fallait pas qu'on m'entende,

comme si l'enfant était accusé de faire du bruit avec son chagrin. Plus tard – ce qui peut d'ailleurs se faire assez tôt –, on n'hésite pas, dans ces familles, à dire à un enfant que si on avait pu on n'aurait pas eu d'enfant, ou au moins on aurait fait en sorte que lui ne fût pas venu. On le lui dit calmement, tranquillement, au milieu de la conversation, et lui – malheureusement – ne bronche pas, ne se met pas en colère, ne claque pas la porte. Il réfléchit ; comme s'il s'agissait d'un thème de réflexion parmi d'autres. Pire : il comprend. Il comprend que son parent souffre, il regrette de lui avoir causé du souci. Il comprend bien qu'il est venu à un mauvais moment, ou dans des conditions inadéquates. S'il pouvait, il présenterait des excuses. Ce qu'il ne voit pas, c'est que là encore tout est prétexte. Il y a bien d'autres familles où un enfant n'a pas été particulièrement désiré au départ et a finalement été accueilli par de l'amour. Il y a des grossesses moralement difficiles qui cèdent la place à des relations profondément affectives. Le refus de l'enfant dont je parle – le désamour – n'est pas lié à des circonstances ni à des problèmes de contraception. Il est fondamentalement d'un autre ordre. Il est si puissant qu'il peut même s'exercer contre un enfant qui aurait été, consciemment, attendu, voulu. Encore une fois l'obstacle ne vient pas de la situation extérieure, ni des projets dans la tête, c'est dans le cœur que ça se joue – ou dans son absence, dans cette fermeture que la victime espère provisoire.

Chaque fois que des propos négatifs sont tenus, c'est comme si on faisait mémoire du désir de mort, comme si on commémorait la tentative initiale d'anéantir celui qui s'entête à rester là. Lui faire part de ce type de réflexion, c'est le rendre encore une fois complice, par passivité, de ce qui l'oppresse et l'opprime ; c'est l'inclure, comme d'habitude, dans ce système qui repart toujours en guerre contre lui. C'est lui blesser les oreilles une fois de plus, avec en prime la tonalité dangereuse de la normalisation : « Eh bien quoi, ne peut-on pas parler de tout avec ses enfants, surtout à l'âge qu'ils ont maintenant ? » Ça fait partie du plaisir de la destruction que de se prétendre *à la page* et *dans le vent*. Elle n'hésite pas à se dire libérée de certains tabous, au nom de quoi elle invente de nouveaux procédés pour exercer la même ancienne violence tenace.

L'enfant mal-aimé est souvent placé dans la position du serviteur. On le voit qui fait trop de ménage à la maison, ou qui va trop souvent faire les courses – quand il ne s'agit pas tout simplement d'aller chercher certaines bouteilles qui risquent de se transformer en violence contre lui, comme s'il devait porter d'abord dans un sac, à la force de ses bras, ce qui allait se retourner contre son corps et ses muscles. Ce ménage, c'est celui de Cendrillon, l'enfant servante, à qui l'on fait croire que, si elle travaille bien, elle pourra aller au bal. Mais Cendrillon ne comprend pas qu'elle a beau faire et refaire, il y a toujours une raison, c'est-à-dire un prétexte, pour qu'elle n'ait pas le droit d'aller à ce fameux bal. Évidemment, cette interdiction perpétuelle n'a rien à voir avec le droit. Elle se moque du droit des enfants et de toute la loi avec. Elle n'est qu'un abus de pouvoir qui se déguise au moyen de règles plus arbitraires les unes que les autres, mais qui s'ingénie à se couvrir d'un semblant de légalité. En fait, ce qu'on interdit à Cendrillon, c'est l'amour, parce que si elle aime et si elle est aimée, elle vivra – et on ne veut pas qu'elle vive, on veut qu'elle reste comme morte et que son corps demeure comme de la cendre. Elle ne comprend pas ce qui lui arrive, et le système a tout intérêt à ce qu'elle ne le comprenne pas. Si elle découvre l'amour, elle verra clairement, par contraste, le désamour dans lequel on l'enfermait – et elle se sauvera. Et si elle se sauve, il n'y aura plus de servante à la maison, c'est une perte économique, alors qu'opprimer un enfant c'est matériellement rentable. Et puis c'est utile ; alors qu'un bal – à quoi ça sert ? Une discothèque, à quoi ça sert ? Un rendez-vous dans un café, ça ne sert à rien aux yeux des conceptions utilitaires, fatalistes et finalement destructrices de l'adolescence. A leurs yeux, aimer c'est perdre son temps. Ou bien ce n'est pas pour tout le monde. C'est un privilège dont certains enfants devraient être à jamais exclus. Il faudra que Cendrillon fasse le deuil de cette fausse famille pour trouver envers et contre tout le chemin du bal et de l'amour. Nous en parlerons un peu plus tard avec sa marraine qui, comme chacun sait, est fée.

La position de servante ne s'arrête pas au ménage ni, globalement, aux tâches matérielles. Si on fait plier ainsi un enfant, c'est parce qu'on l'utilise aussi psychologiquement. Il est mis d'autorité au service de la problématique familiale : il *sert* à ça – à colmater les brèches énormes de la psyché parentale, à recevoir cette angoisse des adultes qu'ils sont incapables de gérer, comme s'il fallait sans cesse éponger leur inconscience.

Une femme a rêvé de sa mère qui se fardait au-dessus d'un lavabo. Comme il y avait une fuite, elle – la rêveuse – s'accroupit et éponge l'eau par terre, alors que ses propres filles sont autour et la gênent dans cette tâche.

Nous parlerons longuement de Blanche-Neige, mais nous pouvons déjà entrevoir la marâtre à son miroir. Pour l'instant, il ne semble pas magique, et c'est de la mère qu'il s'agit – et c'est bien ça qui est terrible. La mère semble ne s'occuper que d'elle et ne voit qu'elle. Mais en même temps, elle se farde, c'est-à-dire *ici* se masque. Quand on cherche à s'embellir au détriment de son enfant, ce n'est pas de la beauté qu'on obtient, mais de la mort, cette glaciation où le visage finit par perdre son humanité. La fille est alors reléguée dans la position de servante vers laquelle on ne daigne pas abaisser le regard. Quant à la fuite, elle symbolise sans doute toute cette part inconsciente dont la mère ne s'occupe pas à l'intérieur d'elle-même, cette angoisse qu'elle laisse se déverser à la génération d'après, cet *informe* qui s'oppose aux formes artificielles du masque et qui le dénonce comme mensonge, comme processus extrême de refoulement : s'occuper de son image pour ne pas s'occuper de son être, soigner son image et laisser la part malade de son être se déverser sur son enfant qui n'a plus qu'à se débrouiller avec. Le drame, c'est que l'enfant – ici, il s'agit d'une femme adulte, elle-même mère – pour ainsi dire revendique cette position de service dans laquelle on l'avait enfermée. La personne se situe d'abord comme fille de sa mère, c'est pourquoi ses filles la dérangent.

Quand elle est prise par ce qui la relie à sa mère dans un contexte d'écrasement, elle ne peut être mère pour ses filles, qui la gênent alors avec leurs demandes et leurs besoins. On voit ainsi des parents qui ne peuvent se consacrer à leurs enfants, parce qu'ils sont eux-mêmes absorbés dans une vieille demande insatisfaite à l'égard de leurs propres parents. C'est ce qui les occupe et, effectivement, ils sont très occupés. Ils n'ont pas assez de temps ni d'énergie à donner à leurs enfants, parce qu'ils sont prisonniers de cette attente ancienne qu'ils ont cru – à tort – pouvoir vaincre en se faisant les serviteurs du passé.

Cette tâche impossible est à classer parmi les travaux forcés. Elle réclame une énergie d'autant plus considérable qu'il faut la recommencer sans cesse, qu'elle n'a pas de fin parce que la problématique à résoudre semble n'avoir pas de fond. L'enfant investit à perte dans l'inconscience de ses parents qui s'empressent de dilapider la force qu'il cherche à leur donner, si bien que l'énergie repart en arrière, au détriment de la dernière génération.

Mais pourquoi l'opprimé reste-t-il servir ? Pourquoi joue-t-il à ce point contre lui ? Pourquoi ne comprend-il pas son intérêt et ne respecte-t-il pas ses besoins fondamentaux ? Parce qu'il est victime d'une inversion de culpabilité. Nous avons vu à quel point il intériorise ce qui l'agresse : le regard, les gestes et les mots. Or toute cette violence représente, globalement, une faute dont les parents sont coupables – les deux ensemble, ou l'un des deux si l'autre s'y oppose. Mais de cette culpabilité-là, ils ne veulent pas entendre parler et, d'ailleurs, ils ne se posent pas de question sur eux-mêmes. L'intériorité, ils disent ne pas connaître. La réflexion sur soi, à leurs yeux, c'est un discours à vide et de la pensée fumeuse. Ils ne s'interrogent pas sur leur vie et ne le feront pas davantage le mois prochain ni l'année prochaine. Ils ont décidé de projeter l'ensemble de leur problématique sur un ou des enfants selon la vieille pratique du bouc émissaire. Et dans cet ensemble, ils projettent tout particulièrement la culpabilité. C'est lui, *lui-l'autre*, qui est coupable, alors qu'eux, disent-ils, « ont toujours tout fait pour leurs enfants, ils se sont privés pour eux quand ils ne se sont pas tout simplement saignés aux quatre veines pour leur donner le nécessaire ou de quoi faire des études ». Plus un adulte est violent et plus il se justifie. Plus il a fait souffrir un enfant et plus il proclame une innocence systématique qui n'est qu'un vaste leurre destiné à éloigner les naïfs. Encore va-t-il jusqu'à se persuader lui-même qu'il est bien impeccable dans son rôle, même et surtout si la réalité dit exactement le contraire. L'enfant reçoit donc cette charge de culpabilité et il s'en revêt comme d'un habit de tous les jours. Il pense – toujours à tort, bien sûr – que sans doute il doit y être pour quelque chose si tout va mal : il n'était pas propre assez vite, il ne parle pas toujours assez bien, il est maladroit et ça lui arrive de casser des objets, et puis à l'école il faut bien reconnaître qu'il n'est pas toujours à la hauteur de la situation. Donc il est coupable, et les parents n'ont pas tort de le lui rappeler. Mais ce qu'il ne comprend pas, lui qui est victime d'un engrenage raffiné, c'est qu'on ne lui en veut pas, au fond, s'il casse quelque chose ou s'il a une *mauvaise* note. On ne lui en veut pas de *ça*. On lui en veut d'être là, d'exister. Ce qu'on lui reproche, c'est sa vie et son être. Si on ne supporte pas qu'il dise ce qu'il dit, c'est parce qu'on ne supporte pas qu'il parle. Si on trouve qu'il est trop bruyant, c'est parce qu'on n'admet pas qu'il respire. On considère qu'il n'a pas le droit de vivre et que, s'il est là, c'est que d'une certaine manière il a usurpé ce droit, il est entré dans la vie par effraction et il a volé sa vie, et de toute façon on ne la lui a pas donnée et on ne la lui donne toujours pas.

Il y a des enfants à qui on *donne* la vie, d'autres à qui on la compte. Leur vie ne leur appartient pas et, s'ils en usent, il faudra qu'ils la remboursent. A quelle hauteur ? Il n'y a pas de limite, puisque c'est inestimable. Alors il faudra rembourser sans fin, éternellement il faudra payer son existence, et de préférence au prix fort. L'enfant naît endetté et sa dette ne cesse de croître selon une logique implacable. Chacune de ses erreurs est dramatisée à dessein pour réactiver sa *faute* initiale de vivre. C'est ainsi qu'il est devenu serviteur et qu'il est retombé, sous couvert de coutumes familiales cruelles, dans un esclavage qu'on croyait réservé à des siècles révolus. Il veut se faire pardonner d'être là tout en espérant secrètement que, s'il devient un serviteur utile et efficace, il récupérera quelque chose de cet amour perdu qu'il s'imagine avoir existé. La logique de l'aliénation se referme sur lui comme une prison dans la tête.

Un homme a fait ce rêve :

> Une femme est prisonnière d'une secte. Je la délivre. A un moment, elle y retourne, et une voix de légende dit : « Elle ne peut oublier qu'elle est chien. » Plusieurs hommes, des pêcheurs, vont la délivrer à nouveau. Ils l'habillent comme eux et, quand la police la cherche, elle n'est pas reconnue parce qu'elle fait des gestes de pêcheur. On l'a obligée à se comporter de la sorte pour qu'elle ne se fasse pas reprendre. A la fin, elle écrit son autobiographie.

Le rêveur, qui exerce un métier éducatif, se situe sans doute ici dans une relation d'aide et, pour une fois, le personnage central de la scène onirique n'est peut-être pas celui qui dort, mais en l'occurrence quelqu'un qu'il pourrait être conduit à secourir. La secte n'est pas nécessairement une secte telle qu'on l'entend d'ordinaire, mais un milieu clos qui repose sur une violence psychologique perpétuelle et qui utilise à son service celles et ceux qui ont cédé à son emprise en lui aliénant leur identité. Donc cela peut être une secte, mais cela peut être aussi – et statistiquement, c'est le cas le plus répandu – un clan familial qui pratique le rite obscur et inavoué du désamour. Il ne suffit pas de délivrer la personne, il faut l'empêcher de retourner dans le système qui la broie. Il faut lui apprendre à redevenir libre, parce qu'elle a été programmée pour ne plus l'être. Cela vient de cette terrible culpabilité et en même temps d'un profond sentiment de dévalorisation. Cela vient aussi d'une méconnaissance du véritable monde de l'intériorité, qui est un domaine non seulement libre, mais propice à la construction personnelle. Faire les gestes d'un pêcheur parmi les pêcheurs, c'est se mettre en contact avec la profondeur, en revenir à ce monde des poissons qui figure, parfois, le domaine de l'inconscient. La secte ni la famille close ne connaissent ce domaine, puisque au contraire elles le combattent chaque jour par des dogmes : ce qu'il faut croire, ce qu'il faut faire et, bien sûr, ce qu'il faut offrir. Offrir encore et toujours, c'est-à-dire se sacrifier ; et se sacrifier au profit de quelque chose qui se prétend plus vaste, plus noble, plus digne d'intérêt : une communauté, une grande famille, un idéal, une coutume séculaire.

Il ne suffit pas de se ressourcer dans les grands fonds de la psyché, encore faut-il ruminer son histoire, réfléchir sur le temps de sa vie, sur ce passé qui a été enfoui ou qu'on a voulu occulter – c'est tout cela « écrire son autobiographie ». Se dire pour reprendre conscience de soi au travers du récit de son existence, se dire pour distinguer sa parole de celle des autres et de la pensée des autres, s'extraire de leur représentation du monde qui n'est pas forcément la sienne, et puis récupérer ses forces, engager son énergie pour soi et pour s'estimer enfin digne simplement de vivre – à condition de pouvoir faire, comme Cendrillon dans la forêt, le deuil d'un monde ancien qui s'effondre.

En attendant cette libération à venir, l'enfant victime est plongé dans l'angoisse, il y est descendu comme si on l'y engloutissait. On lui fait volontiers peur, mais il est déjà *dans* la peur. On lui parle du loup et il a pu le craindre, mais il est déjà dans sa gueule, il est déjà dans son ventre à la manière de ce Petit Chaperon Rouge qui fut jadis dévoré par un loup qui avait auparavant dévoré sa grand-mère, à moins qu'il ne s'agisse d'un enfant confié par mégarde ou par nécessité à une grand-mère qui se comportait comme un loup dévoreur, elle-même ayant déjà perdu toute conscience véritable et toute capacité d'aimer.

Alors l'enfant est soumis à cette autorité destructrice et il descend dans la gueule du loup de cette femme comme s'il accomplissait une descente aux enfers. Et l'angoisse a trois gueules comme les têtes du chien mythologique Cerbère : celle de l'abandon, celle de la mort et celle du néant.

L'intensité de l'angoisse et la puissance de l'aliénation sont *tout simplement* proportionnelles à l'intensité et à la puissance du système qui cherche à détruire l'enfant. Il faut dire que ce système n'a pu se construire en une seule fois, il s'est constitué au fil du temps sur plusieurs générations, il forme comme une cascade qui s'amplifie à mesure que l'histoire lui en donne les moyens. Mais si cette cascade vient d'une source du point de vue de l'origine chronologique, elle vient d'une non-source ou d'une anti-source du point de vue affectif. La généalogie est alors dominée par le principe d'inversion, dans la mesure où elle ne supporte pas le nouveau ni, bien sûr, le nouveau-né qu'on accuse de tous les maux. Elle projette sa pathologie en violence sur celui qui devient chargé de souffrances et d'un poids qui n'est pas le sien, mais qu'il prend sur lui.

Quand le morbide parasite la généalogie, il ne se contente pas de se laisser conduire de génération en génération : il s'attaque à l'identité de chaque être qui le porte et vise en lui ce qu'on pourrait appeler, au sens propre du terme, la personne humaine. Il s'attaque en même temps à l'humanité et à la personne individuelle, comme s'il savait que l'humain a besoin de la personne et que, si on s'en prend à la construction individuelle de quelqu'un, on peut abîmer en lui le principe et la conscience de l'humanité. Le processus se fortifie avec le temps : à chaque étape, il se fortifie au détriment de l'identité, comme s'il tirait sa substance de l'abaissement de chaque conscience. Il s'établit de cette manière en *inconscience* – non pas une inconscience quasi neutre dans son indifférenciation, mais au contraire un état de confusion qui laisse le champ libre à des pratiques et à des comportements destructeurs. Plus ce processus grandit et plus s'abaissent les consciences qu'il parvient à écraser. Alors le parent qui exerce la violence – psychologique ou physique ou les deux à la fois – n'est pas à proprement parler lui, il est comme dominé par quelque chose qui le dépasse et le déborde, par quelque chose qui est plus fort que lui et qui se moque de sa position parentale et qui ne va l'utiliser que pour sa propre puissance, de sorte que l'enfant aura affaire non seulement à son père ou à sa mère ou aux deux à la fois, mais aussi à cette chose-là qui est en eux et qui en eux éteint toute possibilité d'aimer, cette chose qui depuis longtemps déjà n'est plus une personne, mais bien un processus, un système avec ses rouages et ses engrenages, qui ne travaille que pour lui, pour l'accroissement d'une puissance aveugle, mécanique, froide, logique, implacable, non émotionnelle – folle. C'est cela que l'enfant victime du désamour reçoit en pleine figure et pour ainsi dire en plein corps : de l'impersonnel robotisé déguisé en parents ou en grands-parents, et qui refait toujours la même demande, une demande de mort à laquelle ses servants obéissent, quand ce n'est pas la victime elle-même qui exécute le contrat en se suicidant.

Si l'enfant résiste et ne veut pas se faire porteur du processus, si de toutes ses forces psychiques profondes il refuse d'adhérer à ce qui lui demande une allégeance de type féodal, s'il défend par avance son propre enfant à venir et s'il barre la route à la mort – alors il s'expose à un redoublement de violence, comme si *on* cherchait à le punir pour avoir refusé de céder. Sans bien le comprendre, c'est comme s'il montait à découvert en première ligne face à un corps de blindés et c'est de cette façon que le désamour *fabrique* des enfants martyrs. Et même si le corps n'est jamais touché, c'est la psyché qui va endurer les souffrances au point qu'on aura beau jeu, au vu de certains symptômes, de déclarer l'enfant malade. Toujours le même procédé de l'inversion : on appelle fou celui qui s'oppose à la folie, et normalité une folie qui a su prendre le visage de l'ordinaire.

Au cours d'un travail thérapeutique, une femme a fait ce

rêve éveillé que je choisis de citer dans son ensemble parce qu'il jette une lumière particulière sur les questions qui nous occupent :

> Cette image de morceaux de chair et de sang
> et je vois le fœtus
> et des mains plusieurs mains qui donnent des coups de couteau
> je vois mon grand-père maternel
> je le vois comme ça comme sur une photo que j'ai eue
> il est habillé de bleu en vêtement de travail
> son visage est en train de se tordre de se déformer
> mais il n'y a rien qui se passe d'autre
> je ne ressens rien
> mais dans mon corps je ressens toujours la même chose
> du froid de la peur
> je trouve bizarre de le voir lui
> c'est comme s'il prenait la place de mes parents
> c'est comme s'il avait fait disparaître mes parents
> comme s'ils n'existaient pas
> c'est lui et moi
> pourtant il n'apparaît pas dangereux je ne sais pas
> je ne sais pas ce qu'il est
> je ne sais pas ce qu'il veut
> c'est comme s'il y avait quelque chose de pétrifié
> comme si lui et moi on était pétrifiés
> on ne bouge pas
> on ne ressent rien
> à la place de son visage il y a comme une
> c'est noir quoi
> c'est une boule noire
> cette boule ça devient deux choses
> un boulet qu'on mettait aux pieds des prisonniers
> c'est aussi une boule de canon
> là je vois une tranchée
> et je vois mon grand-père qui est dans la tranchée
> qui creuse avec une pelle
> il y a plein de cadavres dans la tranchée

il découvre plein de cadavres
en creusant
je ne vois pas les formes distinctes
je vois des formes blanches
je vois de la chair et du sang
ce que je vois dans la terre que mon
grand-père a creusée
c'est un peu la même chose que je voyais
dans mon ventre
je n'arrive pas à voir autre chose
je vois un Allemand un soldat en uniforme
au-dessus de la tranchée
un gradé c'est quelqu'un d'important
et en même temps je vois un petit garçon qui est accroupi
c'est mon oncle maternel
c'est le fils de mon grand-père ce petit garçon
il est accroupi il est déculotté
c'est dur de laisser venir les images
parce que ça me semble tellement monstrueux tout ça
cet Allemand qui est au-dessus de la tranchée
mon oncle qui est ce petit garçon
mon grand-père qui est là
je vois ma mère aussi
qui est une jeune femme
ils se trouvent dans la cour de la maison
qui appartient à mes grand-parents
dans laquelle vivent maintenant mes parents
et je n'ose plus me laisser aller
je me sens comme ce petit garçon
je le sens en danger entre mon grand-père et ma mère
j'ai peur qu'il ne soit agressé sexuellement par mon grand-père
et ma mère je ne sais pas
je crois vraiment qu'il y a une violence de
mon grand-père envers ce petit garçon
pourtant je ne sens pas mon grand-père violent
je ne le sens pas méchant je ne le sens pas mauvais
c'est presque comme si c'était dans l'ordre des choses

d'être violent avec ses enfants
c'est presque comme si c'était normal qu'il soit violent
il y a toujours ce lieutenant allemand qui est là
quelqu'un de gradé
je crois que je n'ai pas envie de la voir la violence qui s'exprime
de ce gradé allemand sur mon grand-père
et de mon grand-père sur mon oncle
et ma mère est toujours là aussi
ma mère est en dehors de ça
elle est à côté
je la sens complice et inconsciente
je vois du soleil
je vois le soleil rouge avec du sang
je vois du sang
et je vois encore le soleil complètement ensanglanté
et du coup la scène qui se passe en bas est tout assombrie
et je vois les mêmes personnages
et je vois ce gradé qui a les mains pleines de sang
c'est comme si le paysage était mort
la scène est figée
je ne sais pas ce qu'a vécu ce petit garçon
je me sens très proche de lui
je me vois petite fille moi aussi à cet âge-là
à peu près quatre ans quatre cinq ans
je me sens proche de lui mais je ne pense pas
quand même que ce petit garçon soit gentil avec moi
et j'ai l'impression d'être petit garçon moi aussi
à cet âge-là
je crois vraiment que je suis un petit garçon
ma mère est entre mon oncle petit garçon et moi
je nous vois nous deux enfants et ma
mère entre nous deux
je crois que ma mère avait beaucoup de
pouvoir sur son frère
quand il était enfant
c'est comme si ma mère n'avait pu vivre

qu'en exerçant sa tyrannie sa monstruosité
sur des enfants
je crois que ma mère a à se défendre de mon grand-père aussi
ça ne me paraît pas clair leur relation.

Le rêve éveillé commence par des images de fœtus et de coups de couteau. Ces images peuvent faire allusion à un avortement, ou bien à une tentative d'avortement, mais, d'après la dynamique des symboles qui vont se déployer, elles représentent avant tout la violence globale exercée sur l'enfant qui va naître ou qui *risque* de naître. Puis apparaît ce contraste entre d'un côté le sentiment d'être pétrifié, et de l'autre une prise de conscience progressive qui s'appuie sur une substitution et une métamorphose.

Le grand-père prend la place des parents – comme s'il les avait fait disparaître – pour souligner qu'il s'agit bien d'un problème généalogique : la génération immédiatement précédente est elle-même comme annulée du point de vue de son identité par quelque chose qui pèse et qui la précède. Le grand-père lui aussi a été détruit dans sa personne, ce qui est montré par le visage qui se tord et se déforme. Il perd sa forme, son aspect propre et en même temps sa conscience pour laisser finalement la place à de l'inconscience, cette boule noire qui est ici une représentation de l'informe et qui à son tour se divise, comme pour souligner une scission qui aura eu raison de l'unité individuelle. Les deux boulets – celui qui est par terre et celui qui est lancé dans les airs – symbolisent l'aliénation et la violence destructrice. Bien sûr, ce sont des images de guerre – encore que le boulet mis au pied d'un prisonnier renvoie à une époque plus lointaine – et elles font peut-être allusion à des traumatismes vécus pendant une guerre par le grand-père – ou un aïeul – traumatismes qui ont pu se traduire après par des troubles psychiques déstabilisateurs pour le groupe familial. Il n'empêche que cette explication ne saurait à elle seule dire le sens, même si elle y participe. Une signification peut en cacher une autre. Le principal est ici de voir que la zone de traumatisme – qu'elle ait été liée d'abord à un ou des événements, ou bien à une situation d'ensemble, familiale ou sociale – s'est répercutée à l'intérieur de la généalogie où elle a pu alors sécréter sa propre violence, comme indépendamment de sa *première* cause. Cette révélation progressive de la violence semble donc s'opposer au sentiment d'être pétrifié. En fait, il y a là une synthèse forte entre le temps de l'angoisse – la pétrification du corps de l'enfant est directement liée à sa panique devant la violence qui lui est faite et à ses efforts pour devenir insensible et se protéger ainsi de la souffrance – et les raisons profondes de cette angoisse. Quant à la pétrification passagère du corps du grand-père, elle relève davantage d'une insensibilité en acte, donc capable d'exercer concrètement de la violence.

Lui-même est dominé par toute une histoire – les cadavres dans la tranchée – et par quelque chose qui le pousse dans son inconscient et qui le mène et qui est plus fort que sa conscience et sa volonté personnelles : le soldat allemand qui est un gradé, c'est-à-dire qui a du pouvoir. Une puissance s'exerce sur le grand-père de la rêveuse et, en fait, sur l'ensemble de sa lignée, et c'est cette puissance qui a poussé plusieurs générations à exercer de la violence, comme si une cascade de mort s'était substituée à l'élan vital de la généalogie.

Ici encore, deux lectures sont possibles – elles ne s'opposent pas, mais peuvent utilement se compléter : celle des traumatismes de guerre et celle de la transmission d'une violence psychologique comparable à la guerre. Même si je privilégie ici pour l'analyse cette deuxième lecture, nous ne devons absolument pas exclure la première : violence privée et violence historique globale ne sont pas séparables.

La ressemblance entre ce qui est vu dans la terre et ce qui a été vu dans le ventre – lors d'un précédent rêve éveillé – révèle l'aspect symbolique de la terre : le ventre de la *grande mère*. Creuser la tranchée, c'est à la fois faire acte de mort et mettre au jour une violence qui a déjà pu se répercuter cruellement dans la durée. Les cadavres représentent alors les générations qui, dans la lignée, ont été envahies par le désir de mort. Si ces cadavres n'ont pas de forme distincte, ce n'est pas seulement lié à la putréfaction, mais c'est aussi parce qu'ils symbolisent le caractère informe de ceux qui se sont laissé parasiter par le morbide. La rêveuse avait ressenti dans son ventre une angoisse née d'un système de destruction qui avait pour ainsi dire hanté les ventres de ses ancêtres et qui avait empoisonné la symbolique globale de la terre. Et comme le ventre est le lieu de la gestation, c'est l'enfant conçu et porté qui est *d'abord* menacé par cette mort, comme si on cherchait à tuer dans l'œuf le principe de vie. Le gradé allemand représente donc cette *chose* qui commande le système – qui est le système –, l'ennemi puissant qui oblige chacun à obéir et à exécuter la violence. Alors elle se répand dans la famille où elle risque de s'exercer *tous azimuts*, comme sur un champ de bataille : cascade de tyrannie de l'un sur l'autre, jeux de pouvoir qui recouvrent et occultent l'univers affectif englouti. Et quand le pouvoir a ainsi raison de l'amour, le corps est exposé – et particulièrement le corps de l'enfant. Il est exposé aux coups bien sûr, mais il est aussi exposé à la violence sexuelle de l'adulte, et la scène insiste sur cette éventualité d'une agression sexuelle dans le cadre familial. Il y a de l'inceste qui pèse sur cette scène – sans que l'on puisse dire avec certitude pour quelle génération ça s'est passé. Il faut s'en désoler, mais ne pas s'en étonner : quand il y a désamour, il y a toujours de forts risques de maltraitance physique et d'inceste. Rappelons que l'enfant qui n'est pas aimé se trouve dans la position du serviteur. Il faut qu'il serve et, à partir de là, il peut servir à tout, y compris à satisfaire les pulsions sexuelles des adultes qui l'utilisent alors comme un objet.

Le sang vital est recouvert par le sang morbide : la vie et la mort s'inversent, et l'amour se caricature et s'abolit au profit de corps en guerre – l'un est destructeur et l'autre détruit. En ce sens, il y a bien un processus d'anéantissement : la non-vie s'attaque au vivant, comme si l'être était menacé par du non-être, et c'est peut-être bien là que réside le non-dit, le refoulé d'une lignée malade : au lieu de favoriser l'être, elle héberge du non-être qui n'a de cesse que d'affaiblir l'élan vital, et la généalogie s'inverse globalement au point de devenir le lieu où l'être est progressivement comme pompé, aspiré et où il risque de s'épuiser. Le temps ne va plus vers l'enfance ni vers le nouveau, il va vers du *rien* qui procède par répétitions malheureuses. Le même – un même malade – a raison de l'autre – le nouveau qu'on refuse, c'est-à-dire d'abord le nouveau-né. La violence contre l'enfant et la haine de l'enfant apparaissent dès lors comme logiques dans cette véritable course à la mort. Il s'agit là, non pas de la mort naturelle, mais de la mort-anéantissement, non pas du simple passage d'une génération à l'autre, mais d'une tentative répétée de détruire la génération à venir, de faire plier chaque fruit et chaque branche sous le poids dominateur et autocratique du chancre de l'arbre. Quand on accepte de regarder en face cette violence où se posent les questions de l'être et du non-être non de façon abstraite, mais dans l'expérience primitive de l'angoisse de l'enfant victime, il faut bien reconnaître que la psychologie dépasse la psychologie et rejoint l'inquiétude métaphysique. Le discours limité au plan psychologique ne peut pas rendre compte de la totalité de l'expérience humaine. Il faut qu'il s'élargisse s'il veut faire le poids face à l'adversaire – et cet adversaire, nous pourrions l'appeler, du côté de l'oppresseur, « volonté d'anéantissement » et, du côté de la victime, « tendance à se laisser anéantir ». On pourra faire remarquer que l'oppresseur a d'abord lui-même été victime, ce qui est tout à fait vrai. Mais je pense que le changement de camp équivaut à un changement radical. Il est avant tout essentiel de bien faire la distinction entre coupable et victime, puisque nous savons qu'une attitude courante des systèmes de destruction consiste précisément à les confondre et les mêler et à faire croire que tout, finalement, se relativise.

Encore un mot à propos du rêve éveillé : le soleil est ensanglanté. Quand on cherche à détruire un enfant, c'est la nature entière qui est blessée ; quand une lignée s'acharne sur l'enfance, elle fait violence au monde entier, elle s'en prend à l'équilibre du cosmos. Le monde d'en-haut est aussi le plan du symbole. Le disque du soleil, qui peut aussi représenter la nouvelle conscience, le regard unique de la vie unifiée, pleure des larmes de sang devant cette pratique qu'*il* réprouve et qui n'est rien d'autre qu'un sacrifice.

Isaac et Blanche-Neige

Au dernier moment, l'ange rappelle Abraham et lui enjoint de ne faire aucun mal à son fils Isaac, qu'il s'apprêtait à offrir en holocauste, conformément à la première parole entendue. Il était temps. La scène allait connaître son apogée tragique quand survient le coup de théâtre : une seconde parole qui contredit la première, comme si l'ange proclamait : « Ne fais pas ce que je t'ai dit de faire ; n'accomplis surtout pas ce que je t'ai demandé d'accomplir ; obéis-moi, c'est-à-dire désobéis-moi. »

Il était question de sacrifice humain et, dorénavant, il n'y aura plus de sacrifice humain. Abraham allait répéter le geste des idolâtres, mais la suspension de l'acte le sépare à tout jamais des idolâtres, lui et sa descendance. Moriyya est le lieu géographique et spirituel de la distinction entre les anciennes religions archaïques et la nouvelle perspective religieuse maintenant ouverte ; entre, d'une part, ce temps et cette pratique des sacrifices d'enfants, d'autre part, l'ère hébraïque de la symbolisation du sacrifice.

Avec Abraham et Isaac commence une histoire de la substitution. Un bélier va servir d'holocauste *à la place* du fils. Un sacrifice doit avoir lieu. Tout est prêt et cette préparation ne doit pas rester vaine, aussi bien le bois, le feu, le couteau que la disposition intérieure chez l'officiant. Tout cela va donc servir, mais autrement, à la suite d'une révolution individuelle pacifique, et c'est le bélier qui va combler le vide de l'enfant libéré, c'est le monde animal qui va offrir son sang pour que l'humanité garde le sien, c'est aussi l'animal étranger, venu d'ailleurs – d'on ne sait où – qui évite que le sang ne soit versé entre père et fils, à l'intérieur d'une même famille. Mais l'élan donné à Moriyya ne s'arrête pas au bélier. Judaïsme et christianisme ne se contenteront pas de se séparer des idolâtres, ils viseront à poursuivre la chaîne des substitutions au nom de la voie symbolique, afin que le sacrifice ne se nourrisse plus de sang et qu'au bout du compte il devienne radicalement autre, conformément à la nouvelle parole entendue et qui accomplit-abolit la première : désobéis-moi.

Loin du pays des Philistins où séjournait le patriarche, dans un autre temps qui est aussi celui du conte, au cœur des forêts européennes, et dans un monde non encore libéré de l'anthropophagie, un autre enfant – une petite fille – échappe au poignard quasi sacrificiel d'un chasseur aux ordres d'une reine cruelle. « Mon bon chasseur, laisse-moi la vie, je m'enfuirai dans le bois sauvage et je ne rentrerai plus jamais », dit Blanche-Neige. Ému, l'homme laisse l'enfant s'enfuir ; il saisit une biche ou un marcassin – selon les versions –, il tue l'animal, prend ses poumons et son foie qu'il rapporte à la reine en lieu et place des organes de la petite fille. Ce faisant, lui aussi accomplit le travail de substitution. Mais pour ainsi dire en contrebande. Alors qu'Abraham et Isaac parviennent ensemble en toute clarté et sur un chemin de conscience à mettre un terme aux temps barbares, le serviteur de la reine doit faire appel à la ruse : il cache la substitution par le mensonge, qui est lui-même un mode de substitution. Il camoufle ce non-crime qui serait regardé comme une transgression insupportable au pays du crime. Il représente une conscience cachée qui n'a pas encore les moyens de s'affirmer face à des puissances destructrices, mais qui a commencé sa route secrètement.

Retour à l'histoire, contemporaine cette fois-ci. En France, région Ouest. Une femme fait ce rêve :

> Je suis invitée chez le roi et la reine. Ils ont deux enfants, un garçon et une fille. C'est simple et agréable, mais je sais que le lendemain matin le roi doit décapiter son fils. J'imagine qu'on pourrait et qu'il faudrait le remplacer plutôt par un chien – je vois comme un chien écorché, comme de la viande.

Spontanément, la rêveuse retrouve le traditionnel principe de substitution, comme si, au-dedans d'elle, existait ce savoir-faire qui est aussi un héritage culturel. Ici, c'est le meurtre qui est caché. Le lendemain matin, les invités ne seront plus là, il n'y aura pas de témoin. Le pire donne pour l'instant, à l'occasion de cette soirée familiale ouverte, le visage de la normalité. Et la normalité est précisément ce qui cache le pire. L'ordre dissimule, enfouit et refoule le plus terrible désordre qu'on puisse imaginer ; les pratiques sociales ordinaires recouvrent ici un archaïsme digne des temps préhébraïques et de ces contes de fées qui sont parfois plutôt des récits de sorcières ou d'ogres. La cérémonie sacrificielle se déroulera en privé, c'est une histoire de famille. Mais pourquoi le roi, c'est-à-dire peut-être bien le père dans la réalité, a-t-il l'intention de décapiter son fils ? Qui le lui demande ? Et le fils est-il au courant ? Sait-il ce qui va se passer quand on aura remisé les décors et les masques de la scène sociale et qu'on se retrouvera entre soi dans l'horreur des coulisses ?

Le rêve marque la prise de conscience, chez la mère, de la gravité du problème de relation entre père et fils. Elle savait qu'il y avait des difficultés, elle en découvre ici l'ampleur, elle en mesure le caractère insupportable. Et c'est parce que c'est insupportable qu'il faut trouver un autre chemin, une voie de substitution représentée par le chien. Il faudrait, pour bien faire, que le père entre dans la voie symbolique pour se libérer d'attitudes vraisemblablement destructrices tournées vers le fils aîné.

Nous reviendrons à ce roi, à ce fils et à ce chien, et aussi à la petite Blanche-Neige qui court et court dans la forêt, mais il nous faut d'abord retourner auprès d'Abraham et d'Isaac, nos premiers compagnons de route. L'épisode dramatique de ce sacrifice suspendu et heureusement transformé signifie-t-il – à un certain plan psychique – qu'il subsistait un grave problème de relation entre le vieux père et son enfant ? Je ne le crois pas. D'abord parce qu'il est dit : « Prends donc ton fils, ton unique, celui que tu aimes, Isaac [...]. » Le nom du fils est précédé de l'attestation de l'amour, comme si l'amour parental établissait les fondations de l'existence de l'enfant. L'épreuve d'Abraham est terrible en ceci précisément qu'il aime son fils, c'est parce qu'il est pleinement père que l'épisode du mont Moriyya est pour lui un déchirement. Et cela nous est ensuite montré par deux phrases qu'il prononce – sans compter le silence de la marche, sans compter le silence de ce sacrificateur forcé et triste qui, au moment crucial, n'a pas le cœur de prononcer la moindre formule rituelle.

Les deux phrases sont, du point de vue du père, deux mensonges, ou plutôt un mensonge et demi ; et, selon un principe de renversement qui est à l'œuvre dans la scène tout entière, l'homme va découvrir qu'en voulant mentir, il dit ce qui allait être vrai et qu'il ne pouvait imaginer ni espérer. Aux serviteurs, Abraham déclare : « Demeurez ici avec l'âne. Moi et le garçon nous irons jusque-là et nous nous prosternerons, puis nous reviendrons vers vous. » A son fils qui l'interroge, il répond : « Dieu se pourvoira du mouton pour l'holocauste, mon fils. » Dans les deux circonstances, il croit mentir, bien que dans la seconde phrase lui aussi puisse « jouer » sur le symbole, et il ne sait pas encore à quel point il dit vrai. S'il ment, c'est sans doute parce qu'il doit utiliser la ruse pour accomplir l'acte demandé, mais c'est aussi parce qu'il ne peut pas dire ce qu'il va faire, parce qu'il ne peut pas se le dire à lui-même. Il obéit à un ordre qui le dépasse, mais il ne semble pas pouvoir en faire sa volonté par une parole accompagnatrice. Il ne peut pas *dire* la mort, puisque au fond lui ne la veut pas. Il ne peut pas dire, comme la belle-mère de Blanche-Neige, la haine et l'envie de tuer, puisqu'il ne veut pas tuer même s'il s'apprête à le faire et que, par-dessus tout, il aime Isaac. C'est cet amour qui l'empêche de prononcer la moindre parole en guise de justification de l'acte sacrificiel. Comme si son silence disait : « Je le fais, puisque cela m'est demandé, mais je le fais malgré moi, parce que j'aime l'enfant. »

Contrairement à Abraham, la belle-mère de Blanche-Neige n'a pas de nom. Même le miroir magique, qui semble pourtant savoir bien des choses, ne lui connaît pas de nom et l'appelle simplement : « Madame la Reine », comme s'il soulignait chez cette femme une sorte d'indifférence glacée à l'égard des liens sentimentaux et de l'enfance. Blanche-Neige, elle, a un beau nom. Surtout, elle a un nom chargé de sens, selon le vœu de sa vraie mère défunte qui cousait, assise auprès d'une fenêtre, et qui s'était piquée le doigt avec son aiguille et avait vu tomber trois gouttes de sang sur la neige. Elle s'était alors écriée : « Oh, puissè-je avoir une enfant aussi blanche que la neige, aussi rouge que le sang et aussi noire que le bois de ce cadre ! » Ainsi Blanche-Neige a reçu son nom des correspondances entre elle et la nature, entre elle et le monde. Elle est essentiellement l'enfant du symbole, parce qu'elle porte la dimension symbolique en elle comme l'atteste son nom. De son côté, la reine ne symbolise rien. Elle est au contraire prisonnière d'elle-même par son reflet, elle est vouée à la répétition solitaire de son identité malade, elle se débat en vain dans un enfermement tautologique, comme si chez elle le moi, fasciné par sa propre image, ne pouvait entrer en relation ni avec la profondeur et les émotions et sentiments qui en jaillissent ni avec la nature. *Elle* est coupée du sang, de la neige et de l'ébène. Elle reste dans cette hypertrophie du moi qui rejette toute intériorisation et, par là, toute voie symbolique. Son refus du symbole se mue en rage contre l'enfant porteur du symbole. Munie de son titre et de son pouvoir, mais privée de nom, elle s'acharne contre celle que les circonstances ont privée du titre de princesse, mais qui a su garder dans son nom la dynamique du symbole et la capacité à devenir.

Abraham, comme la lointaine petite cousine européenne de son fils Isaac, a lui aussi un beau nom – c'est-à-dire qu'il *est* son nom par le sens symbolique qu'il contient. Plus exactement, il *est devenu* son nom. Ça s'est passé quand il avait 99 ans et qu'il n'avait pas encore d'enfant de Sarah, son épouse, alors qu'il était déjà le père d'Ismaël, fils d'Agar, la servante de Sarah. C'est alors que Dieu lui apparaît et lui dit : « [...] On ne t'appellera plus du nom d'Abram, mais ton nom sera Abraham, car je te rendrai père d'une multitude de nations. » Son nom est devenu porteur d'une nouvelle paternité, il est père en son nom et père aimant, et père au-delà de la relation encore à venir avec l'enfant de l'amour, comme si la relation d'amour à l'enfant rejaillissait en cascade comme amour de l'humanité. En ce nom qui lui fut donné à partir du premier patronyme – il n'y a donc pas ici de parachutage d'identité, mais une transformation du moi en quelque chose qui l'intègre et le dépasse – il porte l'impossibilité intrinsèque de tuer son enfant, l'incapacité fondamentale à immoler ce fils. L'a-t-il oublié le temps de l'épreuve ? Aurait-il pu répondre à Dieu : « Mais comment, moi que tu as voulu appeler Abraham, c'est-à-dire père d'une multitude de générations, comment puis-je immoler mon fils sans renier cette identité que toi-même tu as voulue pour moi ? »

Du côté du rêve contemporain, le roi et la reine peuvent se comprendre de deux manières. Ou bien ils représentent l'image symbolique de l'homme et de la femme devenus mère et père, ou bien ils illustrent la survivance, dans un contexte privé, d'attitudes de toute-puissance reliées à un droit de vie et de mort – comme si la tyrannie propre à une monarchie archaïque n'avait réduit son territoire que pour mieux s'exercer dans le secret de certaines familles. Vu le déroulement du rêve, c'est la seconde interprétation qui est ici la bonne – mais nous aurons encore à comprendre plus tard pourquoi les deux sens, si diamétralement opposés, peuvent se confondre dans des images ambiguës.

La décapitation, outre la souffrance extrême et le scandale qu'elle manifeste, représente aussi la perte de la conscience. Comme si le parent, lorsqu'il se retourne contre son propre enfant au mépris des fondements de ce qu'il faut bien appeler la « nature humaine », violentait la conscience, voire la capacité à la retrouver. De par sa violence, le père projette sur son fils sa propre perte de conscience, il se sert de son inconscience comme d'une arme de mort dirigée contre celui qu'il aurait dû chérir et embrasser. Il achève ainsi la destruction de soi en détruisant son fils – à moins que la vigilance de la mère ne permette un renversement et ne fasse descendre sur la scène tragique du sacrifice le très attendu *deus ex machina*. La conscience maternelle ferait alors contrepoids à l'aveuglement d'un père despotique. Cette conscience capable d'envisager le processus symbolique de la substitution est l'équivalent familial de l'ange du texte biblique.

Si Abraham aime son fils de tout son cœur et s'il avait déjà commencé à se séparer des anciens idolâtres, pourquoi est-il condamné à imiter à la fois la conduite des sacrificateurs d'enfants et celle de parents destructeurs ? Pourquoi doit-il mimer ce qu'il ne vit pas ? Pourquoi doit-il représenter ce qui ne lui correspond pas ? Est-ce, en allant presque au bout de l'odieux, pour se pénétrer de son horreur et s'en séparer de façon radicale ? S'agit-il de liquider d'anciennes pulsions selon un procédé théâtral thérapeutique ? S'agit-il plutôt, comme le dit explicitement le texte, d'une épreuve pour vérifier l'obéissance absolue de l'homme à l'égard du divin – obéissance qui est le témoignage de la crainte de Dieu ? N'est-ce pas une épreuve *trop* cruelle et ne comporte-t-elle pas des risques psychologiques graves pour la relation entre père et fils ?

Nous pourrions lire cette histoire autrement. Nous pourrions dire : au début, Abraham s'est trompé. Tout le drame vient de là. Il a bien entendu la parole de Dieu, qui est aussi sa voix intérieure ou encore, dit dans un autre langage, une injonction du centre de soi. Et la parole a bien dit ce qu'elle a dit. Mais Abraham commet l'erreur de la prendre au pied de la lettre. Précisément, il n'en mesure pas la portée symbolique. Il ne traduit pas la parole, il la reçoit à l'état brut sans chercher à la raffiner. Il n'use pas de sa liberté d'homme pour dire « oui » et en même temps « mais ». Il ne se demande pas : qu'est-ce que cela veut dire ? Il ne passe pas, dans sa méditation, de l'enfant à l'enfant intérieur. Il entend « holocauste » sur un mode purement extérieur, il entend ce qu'on lui demande comme une pratique qu'il veut aussitôt mettre en œuvre. Son obéissance est à proprement parler aveugle, puisqu'elle ne sonde pas le sens qui se cache dans l'ordre, elle ne s'aventure pas dans la profondeur complexe du symbole, là où se différencient soumission au sens et soumission à la forme. Abraham confond l'esprit et la lettre, c'est pourquoi l'ange devra intervenir, comme s'il disait à l'homme : « Mais enfin, ça ne va pas la tête ? Comment peux-tu porter le couteau sur ton enfant ? Comment peux-tu imaginer qu'on t'ait demandé cela ? D'où crois-tu que Dieu veuille la mort du fils ? De quelle folie humaine participes-tu encore pour croire une chose pareille ? »

Abraham pourrait objecter : « Mais tu m'avais dit ; c'est toi qui m'avais dit. » Et l'ange pourrait répondre : « Quand je te parle, tu entends bien ce que je te dis, mais tu l'entends avec ton oreille, c'est-à-dire finalement dans ton langage. Ton langage est comme toi – inachevé. Il faut que tu passes toute parole, si impérieuse soit-elle, au crible de l'écoute symbolique. Il faut que tu obéisses *et* que tu n'obéisses pas, parce qu'il t'est demandé de répondre au sens par le sens, et non à la forme par la forme. »

Peut-être ne demandait-on à Abraham aucun rite sacrificiel,

mais qu'il donnât *son enfant*, son être intérieur, ce qu'il a de plus profond en lui, qu'il le donnât pleinement et totalement à cet *autre* qui lui a déjà parlé du dedans. Le feu de l'holocauste se comprend alors comme une ardeur, comme une brûlure d'amour qui transforme un être et le *donne*, vraiment, à tout l'être. Mais si le sens n'est pas cherché du côté de l'intériorisation, il va se répandre en pratiques et en rites, et si la transformation personnelle n'est pas ressentie comme une nécessité absolue, elle va se projeter inconsciemment sur autrui de manière violente, comme si, en refoulant l'opération intérieure sur soi, on ouvrait la porte à des pratiques sanglantes sur le corps de l'autre.

Abraham avait pris une transcription littérale pour le sens profond et, agissant ainsi, il substituait au sens une pratique extérieure. Le bélier qui se substitue à Isaac semble donc répondre à la première substitution malheureuse. Il s'agit de refaire le chemin inverse, afin de corriger l'erreur primitive et de restituer l'ordre perdu de l'intériorité. La chaîne des substitutions, qui mène du sacrifice de l'enfant à celui de l'animal, puis du sacrifice sanglant aux rites sacrificiels non sanglants, enfin du rite au dépassement des rites et de toute activité sacrificielle – cette chaîne n'est rien d'autre qu'un retour, une réouverture du chemin jadis obstrué par une série de transcriptions rituelles et d'interprétations finalement matérialistes. Il s'agit de remonter l'échelle du sens en se séparant des pratiques qui avaient tué le sens, tout en prétendant le servir et l'adorer. Il s'agit de remplacer le remplaçant, quitte à ce que l'héritier légitime, ce fils de toute éternité qui est le sens intérieur, apparaisse comme un trouble-fête et soit traité comme un gêneur. C'est que les traductions littérales ont eu le temps de s'implanter dans les consciences et dans les institutions. Le sens, lui, est nu comme l'enfant qui naît, et cette nudité l'expose – là est précisément le drame – à la folie sacrificielle des fausses piétés.

Quant à la marâtre du conte, elle ne se donne même pas la

peine de couvrir son désir de mort par un discours justificatif quelconque. L'avantage, si l'on peut dire, de la reine, c'est qu'elle révèle l'horreur de sa pensée et de ses actes. L'histoire de Blanche-Neige n'a rien d'un dilemme, elle ne met pas en scène une contradiction intérieure chez un personnage confronté à la cruelle complexité de l'existence. Et si la reine ne connaît aucune hésitation, si elle n'est en butte à aucun drame intérieur, c'est bien, comme nous l'avons vu, parce qu'elle est coupée de l'intériorité. Loin des contradictions, elle se tient loin de la dimension proprement humaine. Et tout est là : elle n'est pas humaine ; elle est inhumaine. C'est pourquoi son ordre va être transgressé par cet homme, le chasseur serviteur, qui se laisse émouvoir par la petite fille et qui, précisément, n'a pas le cœur de la tuer. Sans doute pense-t-il qu'elle sera dévorée par les bêtes sauvages – et qu'ainsi il n'aura pas trop d'ennuis avec son autorité de tutelle –, mais l'important pour lui est d'abord qu'il ne soit pas criminel envers l'enfant, ensuite qu'il ne soit pas témoin de sa mort. Aux antipodes de la reine, il manifeste l'humanité, y compris dans ses faiblesses. Et Blanche-Neige, la petite psychologue forestière, avait dû le sentir, puisqu'elle s'adresse à lui en ces termes : « Mon bon chasseur. » Dans son langage enfantin, les choses sont claires : la reine est méchante, le chasseur est bon. Et elle a raison, la petite fille, elle a raison de penser que pour lutter contre ce qu'il y a d'inhumain dans le monde, il faut simplement trouver ce qu'il y a d'humain. La reine ne donne pas dans le sentiment ; le chasseur, lui, se laisse émouvoir. Voilà toute la différence : entre l'émotionnel et le non-émotionnel, il y a la distance qui sépare l'humain de l'inhumain. Disons-le encore : l'avantage de la reine, c'est qu'elle permet de voir à quel point est inhumaine la pratique sacrificielle ; et l'avantage du chasseur, c'est qu'il montre que le refus du sacrifice est un rappel d'humanité, un rappel des émotions élémentaires. Que l'homme se laisse attendrir par l'enfant, là se tient sans doute un des fondements de l'humanité. Et c'est dans cette profonde humanité que l'homme use du principe de substitution pour que l'enfant soit sauvé.

Il faut dire que le marcassin passait par là. C'est l'événement inattendu qui vient contrecarrer le plan de la tueuse. Une sorte de providence soudaine renverse l'échafaudage de la stratégie. De même, dans l'histoire biblique, il y a ce bélier dont les cornes sont prises dans le buisson. Sans doute sommes-nous ici dans l'humanité, puisque Abraham aime Isaac, mais cette humanité ne s'est pas encore délivrée entièrement des vieilles pratiques idolâtres et barbares. Le bélier est pourtant aussi inattendu que le marcassin, aussi nouveau. Il arrive là de façon tout à fait surprenante, et cette surprise renverse et pour ainsi dire enterre l'acte prémédité. C'est grâce à l'événement inattendu qu'Abraham pourra rester humain, conformément à son sentiment intérieur, comme si le sacrifice en tant qu'organisation et projet se trouvait balayé par la soudaine intuition de ce qu'est vraiment le divin, comme si Dieu était pour ainsi dire caché au premier temps de la révélation et qu'il ne se montrait vraiment que dans un deuxième temps, qu'on pourrait appeler la révélation de la révélation. Entre ces deux temps s'opère une révolution de l'écoute. D'abord la parole divine est reçue au milieu des accumulations pathologiques des sociétés humaines, ensuite elle apparaît pour elle-même, dans ce qu'elle a de radicalement *autre*, dans cet appel à s'arracher à la folie et au meurtre.

Quelqu'un a fait ce rêve :

> A l'aumônerie, un homme, mon bourreau, va pour me trancher la tête. Je suis résigné et je sens le couteau s'abattre sur ma nuque et y faire une entaille. Du sang coule. Mais l'homme ne va pas plus loin.

Il n'y a pas ici vraiment substitution, mais plutôt limitation, ou bien on pourrait dire qu'au crime rituel se substitue l'entaille, c'est-à-dire la blessure initiatique. Les quelques gouttes de sang en fait s'opposent au flot de sang de la mort sacrificielle. Nous nous rapprochons des rites de scarification, qui sont comme un premier exorcisme contre la destruction du corps. Un peu comme si on imprimait dans la chair le souvenir des temps anciens où on n'hésitait pas à immoler la chair ; comme si on inscrivait dans le corps d'un être la mémoire du vieux risque, la transformation de la pratique ancestrale en action symbolique et, à partir de là, en chemin de libération. Comme si l'officiant disait : « Je te blesse pour ne pas te tuer, je te fais saigner et souffrir juste ce qu'il faut, afin qu'aux vieilles pratiques horribles nous substituions ensemble un processus de symbolisation. » Encore faudra-t-il que l'officiant progresse dans cette voie et qu'il parvienne ensuite à se libérer de ces nouvelles pratiques qui pourraient bien à leur tour se figer en vieilles lunes.

La scène se passe dans une aumônerie, un lieu qui avait beaucoup compté pour le rêveur quand il était adolescent, un lieu animé par un homme – un prêtre – qui exerça une influence sur lui. Et sans doute la relation devait être très ambivalente, puisque d'un côté elle a permis une prise de distance et un commencement de libération par rapport à un père dominateur et écrasant, alors que d'un autre côté elle mettait en place une nouvelle emprise, même si cela se faisait sous couvert d'idéal et d'altruisme humanitaire. Comme si celui qui était chargé de l'aide apportait bien une partie de cette aide, mais, parce qu'il ne se souciait pas d'analyser la part de transfert qu'il y a dans ces circonstances, n'avait pu s'empêcher de répéter un peu, de recommencer un peu, les anciennes pratiques de domination. Ainsi s'est rejoué, et pas seulement à un niveau intérieur, une sorte d'acte sacrificiel – non pas que le jeune homme ait été prié de s'écraser ni de se taire, mais parce qu'il était poussé à un don de soi, alors qu'il n'avait pas encore pour lui-même le minimum vital, l'élan nécessaire pour affirmer son être. En ce sens, l'aumônier fut un « bourreau ». Mais il fut aussi un libérateur, en ouvrant les portes d'un nouveau monde, d'une nouvelle façon de penser et de se comporter. Il fut un bourreau qui a su limiter la saignée, qui a su ne pas vider l'autre de sa substance, mais lui infliger une blessure par laquelle tout devenait plus conscient. Il apparaît donc comme un bourreau qui renonce à sa charge, celui qui met fin, ou plutôt par qui, au travers de qui, s'arrête la pesanteur sacrificielle transmise par le père. L'aumônier fut bien un père symbolique ; les préoccupations religieuses offrirent bien une perspective sur un autre monde, ou plutôt sur un autre plan – au risque de tomber à leur tour dans le piège de l'archaïsme. Et c'est cela qui aurait été terrible, et c'est bien cela qui est terrible pour d'autres personnes : que l'instance de libération – parce qu'elle ne sait pas ce qu'elle fait ni ce qu'elle dit, parce qu'elle n'analyse pas le transfert et que, *grosso modo*, elle se soucie de l'intériorité comme d'une guigne – répète la souffrance qu'elle devrait aider à enlever et reproduit le système qu'elle était chargée d'abolir.

Le sacrificateur du rêve a donc su s'arrêter. La méchante reine du conte, elle, ne peut pas s'arrêter, parce qu'elle ne le veut en aucune façon, parce qu'elle a besoin du meurtre pour retrouver un semblant de tranquillité. Il faut donc, pour éviter la mort de l'enfant, que le chasseur désobéisse, autrement dit que le serviteur cesse de servir aveuglément, qu'il s'ouvre à sa propre conscience, au risque de heurter de front les systèmes dominateurs qui pèsent sur lui. La transgression est la condition *sine qua non* de la substitution. Il ne peut y avoir de substitution symbolique que si le préposé au sacrifice est capable d'enfreindre l'ordre ancien, qu'il vienne apparemment d'autrui ou du tréfonds de lui-même. De ce point de vue, l'ange pourrait ainsi exprimer la subite prise de conscience d'Abraham qui lui souffle les vertus de la désobéissance. Le passage de l'ancien rite de mort à la voie libératrice ne se déroule pas selon une évolution progressive. Il a besoin de la transgression comme pierre angulaire, et cette transgression ne saurait être qu'individuelle.

Abraham est seul avec l'enfant quand ça change en lui ; le chasseur est lui aussi seul avec l'enfant quand il décide de casser la chaîne archaïque. C'est à l'intérieur d'*un* être, c'est dans le secret personnel que va s'opérer la nécessaire transformation, parce que le groupe et la coutume se renforcent mutuellement, parce qu'il faut d'abord se vivre séparément comme individu pour prendre ses distances vis-à-vis des mœurs collectives. Il faut s'être déjà séparé des autres pour mener à bien cette tâche qui consiste à révolutionner les lois. Dans un même mouvement, l'être s'affranchit de la lettre et de la coutume, de la forme et du groupe. Le travail d'interprétation va de pair avec le travail d'émancipation. On ne peut rien comprendre si on reste psychiquement et physiquement docile à l'égard des habitudes. On ne peut à la fois se soumettre aux injonctions d'un groupe et chercher à extraire le sens des transcriptions littérales. Pour extraire le sens de la lettre, il faut d'abord s'extraire soi-même des gangues qui étouffent et endorment – quand il ne s'agit pas de gangues qui écrasent.

Toujours en Palestine, mais bien sûr des siècles plus tard, cela va réapparaître clairement au travers d'une petite histoire, dite évangélique, qui concerne un enfant de 12 ans nommé Jésus, un préadolescent. Il vient à Jérusalem avec sa mère et son père, mais, quand ses parents rentrent chez eux, ils découvrent que leur fils ne les accompagne pas. Ils s'inquiètent et ils le cherchent pour s'apercevoir finalement qu'il est resté dans la capitale, plus précisément au temple, pour converser avec les docteurs de la loi. Objet de la rencontre : les Écritures. Forme : questions et réponses, confrontation des points de vue, face-à-face des interprétations. Ce qu'il faut bien voir, c'est que d'un même mouvement le garçon s'extrait du monde parental et extrait le sens des interprétations conventionnelles. Il a fugué, et c'est parce qu'il a su fuguer qu'il parvient à exprimer un nouveau plan de traduction. La capacité psychologique à transgresser l'ordre coutumier est le signe d'une position légitime pour éclairer les textes traditionnels. La fugue est comme un examen de passage, un certificat d'aptitude à libérer du sens.

Nous sommes ici en pleine humanité, puisque les parents aiment leur fils. Pourtant, il faut que ce fils prenne ses distances vis-à-vis d'eux, s'il veut affirmer totalement son identité. Nous ne sommes pas encore au cœur de la crise sacrificielle, mais déjà s'élabore le travail de deuil chez le fils, pour qui la connaissance est expérience libératrice, pour qui la parole est mouvement, au besoin errance, et s'il le faut exil. Cette scène n'est pour l'instant qu'un signe avant-coureur d'une confrontation radicale qui aura lieu à l'âge mûr. Le fils pose un premier jalon et prend date. Remarquons en même temps que les docteurs acceptent de discuter avec l'enfant, ils ne lui reprochent pas son âge – il n'a même pas 13 ans ! – ni sa fugue ni surtout ses propos. Ils s'en étonnent et ils s'en émeuvent, ils ne les combattent pas. Personne ne semble lui demander avec qui il voyage, où il dort, où il prend ses repas. Cela dure trois jours et personne n'alerte les autorités ni les hôtesses d'accueil pour faire passer le communiqué suivant : « Il y a un jeune garçon perdu au temple de Jérusalem qui, pour faire passer son angoisse, interprète des versets bibliques. Les parents sont priés de se faire connaître le plus vite possible. Prendre contact avec les docteurs de la loi. »

Non, ça ne se passe pas ainsi, sans doute parce que, précisément, *il se passe quelque chose* : un événement nouveau, du jamais vu – un renouvellement du sens. Et puis tout rentre dans l'*ordre* : les parents arrivent, le fils a le temps de prononcer une parole sibylline qui sera comprise plus tard, et tout le monde retourne à Nazareth. Est-il seulement arrivé quelque chose ? On fait comme si de rien n'était. On n'en parle plus. On s'aime et on ne veut pas faire d'histoire. Alors on se réinscrit dans le temps jusqu'à ce que recommence l'inévitable confrontation entre les interprétations répétitives de type mental et obsessionnel, et la lecture moderne, foudroyante, celle qui renvoie pour de bon le texte au vivant et qui l'enracine dans la chair et l'émotion d'être.

Le départ est et pour ainsi dire reste la condition *sine qua non* pour renouveler la lecture, l'écoute et le regard. Il faut d'une manière ou d'une autre être parti pour se hisser jusqu'au sens nouveau – et ce sens apparaît comme un retour aux sources. Il faut partir afin de se trouver au commencement. Il faut s'en aller pour ne plus être l'anonyme maillon d'une chaîne ancestrale, mais le fondateur d'une nouvelle généalogie. C'est ce qu'avait vécu Abraham lui-même et c'est peut-être bien parce qu'il avait pu le vivre qu'il sut laisser l'ange arrêter son bras. Il n'a pas dit à l'ange : « Mais laisse-moi faire ! On me l'a demandé, je dois le faire ; ou bien alors je rends mon tablier et je ne veux plus entendre parler de métaphysique. » Abraham s'est peut-être rappelé, au moment même de la suspension de l'acte, juste avant de porter le coup fatal, qu'il était un voyageur, un migrant – et cela pas seulement parce qu'il menait paître des troupeaux, mais parce qu'il avait quitté le pays de son père. Ce départ équivaut à une fondation ; et c'est peut-être encore cette énergie-là qui est à l'œuvre comme pour lui dire et lui faire comprendre : de même que tu as laissé derrière toi le pays de ton père, laisse en arrière de toi l'interprétation littérale. Passe, c'est-à-dire passe au sens, entre dans le nomadisme du symbole, laisse les formes les unes après les autres, ne t'occupe que du sens intérieur. Traverse les rites dont tu es le maître, parce que tu es – comme chacun – le lieu du sens, le seul lieu possible pour le sens – le vivant.

Extraire le sens, c'est finalement court-circuiter le sacrifice, mais cela passe par une transformation dans l'être et l'acceptation du deuil. Il nous faudra encore comprendre – plus tard – pourquoi celui qui s'adonne à ce travail risque de se trouver lui-même dans la position sacrificielle – pourquoi on s'acharne sur celui qui veut abolir les pratiques liées de près ou de loin au sang, pourquoi il y a cette menace de brusque retour en arrière et de régression dans la barbarie.

En attendant, reprenons un bout de chemin en compagnie de Blanche-Neige que nous avons laissée dans la forêt. Le serviteur s'est trompé : les animaux ne lui font aucun mal, la sauvagerie des bêtes ne ressemble pas à la barbarie des hommes. Peut-être Blanche-Neige est-elle taboue à leurs yeux – d'abord pour avoir été préposée au sacrifice ; ensuite, plus étonnamment, pour y avoir échappé. Elle est pour ainsi dire protégée des dieux en la personne des bêtes. On sait aussi à la lecture des contes d'ici et d'ailleurs que lorsque les gens montés sur deux pattes se comportent de manière inhumaine, ce sont les animaux à quatre pattes qui sont chargés de rappeler le devoir d'humanité, ce sont eux qui recueillent un don négligé par les bénéficiaires naturels.

La petite fille avait dit : « Je ne reviendrai jamais. » Elle proférait ainsi une parole rituelle qui la projetait dans un autre monde – non seulement un ailleurs géographique, mais surtout un ailleurs mythique. En échappant au couteau et en prononçant la parole, Blanche-Neige est entrée dans le monde du mythe. Elle y découvre les sept nains, ces mineurs occupés à chercher ce qu'il y a au-dedans, au tréfonds, ces personnages qui comme elle sont intimement reliés aux forces et aux mystères de la nature. Et alors que la belle-mère ne supportait pas d'être troublée dans son narcissisme meurtrier, les nains, eux, acceptent de bon cœur d'être dérangés. Il y a si longtemps peut-être qu'ils attendaient cela : que quelqu'un vînt d'ailleurs, du monde de l'existence ordinaire, de ce monde émouvant des mortels, et qu'il offrît à leur domaine ce je ne sais quoi de doux et de fugace qui est le propre des vies éphémères. Ils représentent donc cet ordre qui veut bien se laisser déranger. Ils entrent avec l'enfant dans un mouvement à caractère historique, alors que l'histoire risquait de se figer et de se fossiliser dans le culte des images prôné par la reine.

L'histoire allait ainsi tourner au carnage, à l'abolition volontaire d'une généalogie décalée, parce que tuer l'enfant c'est non seulement s'en prendre à la chair, c'est aussi menacer l'avenir, c'est tuer ce qui dans le présent est seul capable de le dépasser, c'est tuer dans l'œuf le germe qui le transcende. Nous savons à quoi venait d'échapper Blanche-Neige : ni plus ni moins qu'au désir de mort qui possède et hante certains beaux-parents, au même titre que certains parents. Et la reine est-elle vraiment la belle-mère ou bien, comme dans certaines familles, l'ombre cachée d'une mère abolie, la face ténébreuse d'une conscience jadis occultée ? La reine est-elle une autre femme ou bien, terriblement et malheureusement, la vraie mère que l'histoire n'ose nommer ? N'y a-t-il pas dans la réalité des parents ainsi « montés » contre leur propre descendance, des parents qui n'en sont pas, toujours soucieux d'écraser leur enfant par la violence ou par les mots ou par le regard, et toujours par le jugement ? Blanche-Neige, c'est la mise en scène réaliste des problèmes archaïques d'infanticide dans certaines familles. Au fait, où est le père ? Le vieux roi ? Il est mort. Il s'est absenté dans la mort comme certains pères, sans mourir, s'absentent quand même. Ils ne sont pas là. Ou bien, à l'inverse, certaines mères ne veulent pas voir comment leur époux peut mener une entreprise de destruction. Privé de protection, l'enfant devient victime sacrificielle du parent malade hanté par la mort et les vieux démons idolâtres, hanté par le sang de celui qui est la chair de sa chair. Il ne s'agit pas d'une simple pulsion, mais bien d'un système, d'un acharnement, comme cela se passera avec le lacet, le peigne et la pomme. Cette belle-mère-là n'a de cesse que l'enfant ne soit tué. Et si un parent est malade au point d'avoir besoin de la mort, physique ou psychique, de son enfant, il faut bien, pour que l'enfant vive, qu'il fasse une fois pour toutes le deuil de ce faux parent, de cet usurpateur ; qu'il parte, qu'il s'en aille ; que la victime cesse d'être victime et qu'elle renvoie son bourreau de jadis aux ténèbres du désamour.

Avec la scène du mont Moriyya, une leçon est donnée clairement aux autres parents, ceux qui comme Abraham sont capables d'aimer. Et cette leçon est à peu près celle-ci : si vous n'allez pas au bout du processus de symbolisation, si vous ne restez pas fermement dans le domaine de l'intériorité, vous risquez de faire ce que vous ne voulez surtout pas faire, vous risquez d'avoir à vivre ce que vous détestez le plus et d'apparaître *comme* ceux dont vous réprouvez et haïssez les pratiques. La leçon a aussi une évidente tonalité religieuse : il faut que le sens du sacré ne s'écarte plus – plus jamais – de l'amour entre les êtres et de la tendresse familiale. Il n'y a pas du « sacré » qui serait au-dessus de l'amour humain, mais le sacré est au-dedans de l'humain. Il n'est pas son ailleurs, mais sa profondeur. Il est absurde d'aimer Dieu plus que son propre enfant et de l'aimer au détriment du petit homme – puisque Dieu *a voulu* cet enfant, et s'Il l'a voulu, c'est parce qu'Il *est lui*, parce que l'enfant est la manifestation du divin pour les parents. Et au cas où certains n'auraient pas compris cela, eh bien il y a eu et/ou il y aura un messie-enfant, c'est-à-dire d'abord l'affirmation que l'enfant sauve, la reconnaissance que le fils de Dieu est dans *chaque* fille et fils de l'homme et de la femme.

Ici encore suspendons le cours d'une réflexion qui pourrait se laisser entraîner plus vite que ne le voudrait le temps. Laissons le messie mûrir, et tournons-nous vers les sacrificateurs. S'ils veulent mettre à mort une victime, c'est aussi pour que rien ne change : pour qu'un sens nouveau n'apparaisse pas, pour qu'aucun voyageur ne se mette en route, pour que l'enfant reste propriété parentale, pour que l'adolescent ne s'émancipe pas, pour qu'aucune parole ne vienne révolutionner les mots de la tribu, pour que la vision du monde demeure toujours la même vision d'un même monde, pour que la généalogie se développe selon un principe de soumission, pour que l'ordre règne conformément aux premières paroles venues du monde des dieux. Il s'agit d'une fidélité à l'origine qui se prétend absolue et non négociable – une fidélité maniaque bardée de vérifications. Il faut s'assurer que tous les rituels ont été pleinement accomplis, que toutes les paroles ont été dites comme elles devaient l'être, que rien n'a été oublié ni négligé, que la vie est conforme et, par-dessus tout, que toutes les significations ont pu se manifester. Il est étrange de voir comment les agissements les plus absurdes se déroulent au non des significations les plus sophistiquées. Les sacrificateurs ont mille « bonnes » raisons de sacrifier : ils peuvent faire des cours à l'infini, donner des conférences savantes et animer des sessions de formation intéressantes pour expliquer tel ou tel des procédés sacrificiels. Ils ont des justificatifs à revendre, ils sont les grands maîtres du *parce que* et du *pour que*. Mais la réalité, à commencer bien sûr par la souffrance et le malheur de la victime, la réalité dit tout autre chose : elle dit que ces mille et une significations n'ont aucun sens, que le sens est leur victime autant que l'être qu'on immole, que rien n'est plus fou qu'un amoncellement de démonstrations ni plus absurde que des corons de justificatifs.

Ils tuent donc pour que rien ne change. Ils projettent sur l'origine leur propre peur. Ils s'imaginent que le commencement, pour être préservé, doit se répéter à l'infini. Ils sont les obscurs serviteurs d'une mémoire morte. Morte est la mémoire qui ne tient pas compte du temps qui passe, comme si ce temps n'était pas sa condition d'existence. Je ne me souviendrais de rien, si je n'avais pas d'abord perdu ce que je dois reprendre par le souvenir. Me souvenir de quelque chose, c'est reconnaître que je ne le vis plus. Je l'ai perdu ou il s'est perdu. Il y a entre ce passé et mon présent toute une chaîne de deuils qu'il me faut bien admettre. Et si ça revient en moi, si ça remonte, si ça me reprend, c'est aussi chargé de cette émotion particulière qui me dit que ce n'est plus. Je ne peux me relier à l'origine qu'au prix de la conscience de ce deuil. Et si je ne veux pas de ce deuil, si je ne le supporte pas, si je refoule tout ce qui m'a fait et me fait mourir, je vais réactualiser les vieilles positions idolâtres : par le rite, elles disent que le commencement n'a pas bougé, qu'il n'a pas varié ; par le rite, elles affirment que rien n'a été perdu des premières exigences divines. Elles oublient simplement ceci : les premières exigences se sont manifestées dans une certaine forme, et cette forme est révisable. Il ne suffit pas d'abolir les idoles de bois et de métal, il faut encore abolir les mentalités idolâtres qui se reconstituent en se projetant sur le Dieu vivant. Il n'est pas figé comme elles. Il est infiniment plus proche de notre chair que de leur bronze ou de leur or. Il est infiniment plus proche de notre mortalité que de leur apparente immobilité – de nos émotions que de leur indifférence glacée.

Avec Lui et avec notre chair, nous pouvons dire que le commencement ne s'est pas maintenu tel quel, que de l'eau a coulé sous les ponts et que le deuil nous a mûris, qu'il est impossible de rester fidèle au sens en restant fidèle à une forme, puisque cette forme, dès le commencement, est une infidélité ; qu'il est morbide de s'inscrire dans le répétitif ; qu'il faut choisir entre le répétitif et les enfants ; entre l'ancêtre dévoreur et la vraie généalogie, cette passion du devenir. Saturne a tort de dévorer ses enfants. Ça ne mène à rien. Ce n'est que de l'horreur archaïque. Il faudra tuer ce vieux roi qui empêche de vivre parce qu'il empêche de naître, ou parce qu'il culpabilise la naissance en la considérant comme une faute ou un crime de lèse-majesté. Tuer le vieux roi, c'est simplement sortir de son monde et de sa pensée. C'est affirmer les prérogatives de la naissance et la prééminence du nouveau-né. Il est, lui, le commencement. Rien n'est plus fidèle que le radicalement nouveau. Si certains se demandent où est la vraie tradition, où sont les rouleaux perdus de la sagesse, les textes qui nous relient au monde englouti des dieux qui nous attendent, nous pourrions leur répondre simplement : dans les maternités.

De la stérilité au messianisme

Sarah, Rébecca et Rachel, les épouses des trois patriarches Abraham, Isaac et Jacob, ont connu des problèmes de stérilité. Il est remarquable que ce soit cette lignée, issue de couples à la fois amoureux et malheureux de ne pas avoir d'enfant, qui ait été à l'origine de la pensée messianique. Sans doute ont-ils dû d'abord vivre dans leur chair et dans leur corps l'absence de celui qui ne vient pas, qui peut-être ne viendra plus, et qu'on a tant attendu qu'on finit par ne plus l'attendre. Et c'est précisément quand il n'est plus attendu – pour Sarah – ou quand il est plus espéré que réellement attendu – pour Rébecca et Rachel – qu'il s'annonce, lui le tardif, comme l'enfant nouveau seul capable de balayer le vieux monde.

Chacune des trois femmes vit à sa mesure l'épreuve de l'humanité qui elle aussi attend et n'attend plus, espère jusqu'à la limite de ses capacités d'espérance et puis se désespère et n'y croit plus, comme si la réalité messianique mûrissait dans la venue progressive de cette ténèbre. Comme si elle se chargeait également de l'opprobre et de l'exclusion qui accablaient les femmes du monde antique lorsqu'elles ne portaient pas d'enfant – comme s'il fallait préalablement une séparation sociale pour que naisse le radicalement nouveau. Pendant ce temps, on dirait que chaque femme met son enfant à l'écart, et de cette manière à l'abri, non seulement de la violence du monde – ce monde au bout du compte stérile à cause de sa propre violence – mais aussi – ce qui va avec la violence – de la répétition. Il s'agit là d'un renversement de la perspective généalogique et de ce qu'on pourrait appeler une révolution de l'arbre.

La hantise secrète, inconsciente, de toute généalogie, c'est d'être condamnée ou de se condamner elle-même à la répétition. Quand une problématique ancienne s'avère plus puissante que la force d'être de l'enfant qui naît, elle l'empêche finalement de naître vraiment et s'ingénie à lui voler son enfance. Elle le contraint à soumettre sa conscience à une sorte d'autorité parasite qui dorénavant régnera dans sa psyché ; et le voici chargé de porter à son tour la perturbation de son lignage, tandis qu'on lui demande en même temps de respecter les coutumes sociales et d'accomplir scrupuleusement les rites religieux. Il devient prisonnier d'une triple répétition – familiale, sociale, religieuse – qui n'est rien d'autre qu'une seule et même répétition. Il n'y a donc pas de véritable généalogie, dans la mesure où le nouveau n'est pas engendré. L'arbre, malade, se répète comme une frise mécanique, la vie n'avance pas et l'histoire produit violence sur violence. La stérilité – au sens large et pour ainsi dire *générique* du terme – marque une pause. L'automatisme mis en échec, l'enfant fait connaître sa valeur par son absence. Une alliance se noue entre la longue attente et l'étonnante venue pour briser le triple joug du répétitif. En ce sens déjà l'enfant sauve sa lignée, en l'établissant sur de nouvelles fondations, radicalement différentes. Il n'a plus à lui plaire par son obéissance, puisqu'il est devenu son guide.

Mais les périodes de stérilité ne sont évidemment pas suffisantes. Encore faut-il que s'accomplisse une série de révolutions familiales pour que l'épreuve donne le meilleur de son fruit. On peut lire dans cette perspective l'histoire de Joseph, qui fut vendu par ses frères, et on ne s'étonnera pas que cet enfant se soit trouvé, lui aussi, au cœur d'un enjeu sacrificiel.

Joseph est né tardivement de l'union entre Jacob et Rachel,

c'est-à-dire de la seule relation véritablement amoureuse de Jacob. Le garçon fait deux rêves et il a l'imprudence, ou l'audace, ou la sagesse, de les raconter à ses frères – en fait ses demi-frères. Le premier rêve – « il me paraissait que nous étions à lier des gerbes dans les champs, et voici que ma gerbe se dressa et qu'elle se tint debout, et vos gerbes l'entourèrent et elles se prosternèrent devant ma gerbe » – signifie ni plus ni moins l'abolition du droit d'aînesse – abolition qui fut engagée à la génération précédente, mais par la ruse, alors qu'elle cherche ici à se fonder « en droit ». Le second rêve – « il me paraissait que le soleil, la lune et onze étoiles se prosternaient devant moi » – signifie la position prééminente de l'enfant par rapport à ses parents, ce qui contrecarre notamment l'ancien « droit » archaïque de vie et de mort du père sur le fils et donc, par la même extraordinaire occasion, les structures familiales qui pourvoyaient en chair sacrificielle les folies idolâtres. Si les parents se prosternent devant leur enfant, ils ne pourront plus le soumettre à la vieille demande d'une prêtrise assujettie à des coutumes sanguinaires. S'ils se prosternent devant leur enfant, c'est qu'ils reconnaissent qu'il y a du divin en lui, ils ne peuvent donc plus arguer d'une prétendue sacralité pour offrir le sang de cet enfant-dieu. Quoi qu'on pense de cette affirmation de la transcendance de l'enfant, on doit remarquer qu'*en attendant* elle sauve l'enfant de l'infanticide rituel, en délivrant la conscience parentale de cette dangereuse soumission à des pratiques cruelles.

Il y a une rivalité absolue entre la demande de sang des idoles et cette reconnaissance du divin dans la personne de l'enfant. La dynamique du messie, avant de travailler à sauver l'humanité, contribue à sauver son arbre généalogique en le débarrassant à la fois de l'idolâtrie et de la répétition, c'est-à-dire du sacrifice sanglant et du temps stérile.

C'est donc le messianisme qui fonde l'histoire, c'est lui qui donne sens au principe de génération et à la sexualité. C'est lui qui peut combattre à la fois l'activité sacrificielle et les coutumes barbares de la castration. Qu'on ait pensé établir une abstinence à caractère spirituel en son nom relève bien d'une des plus terribles machinations pseudo-religieuses.

Mais le sang n'a pas dit son dernier mot et Joseph, en qualité d'envoyé de son père – donc dans la position analogique d'un messie –, va au-devant de ses frères qui complotent contre lui et veulent le tuer, comme s'il fallait faire taire cet homme de l'avenir et briser dans l'œuf la révolution familiale. Mais l'élan a été donné et c'est Ruben lui-même, le frère aîné, c'est-à-dire celui qui aurait dû se sentir le plus lésé par l'expérience intérieure de Joseph, qui intervient – comme l'ange de jadis – pour ne pas tuer l'enfant et, de cette manière, pour ne pas aller contre le désir de leur père. Il redécouvre – selon sans doute un mouvement à la fois spontané et culturel – le double principe de substitution et de symbolisation. Le meurtre rituel sera remplacé par une vente digne d'un marché d'esclaves et par la mise à mort d'un animal dont le sang servira à tacher les vêtements de l'enfant pour faire croire au père que les bêtes sauvages ont dévoré son fils. Il y a là tout un jeu de ruses et de reflets. La vente correspond à une négociation entre Ruben, qui en fait voulait sauver Joseph, et les autres frères qui voulaient sa perte. Ruben se trouve donc dans la position que le chasseur occupe dans l'histoire de Blanche-Neige. Il lui ressemble d'autant plus qu'il inspire la pratique de substitution en tuant un animal qui prend place aussitôt, sur la grande scène sacrificielle, aux côtés du bélier d'Abraham et de la biche du conte. L'injustice particulière à l'égard du monde animal vient de ce qu'on fait dire à Jacob qu'un fauve a dévoré son fils, alors qu'une fois de plus c'est une bête qui a dû donner son sang en lieu et place du sang humain. A moins qu'on ne considère, symboliquement, que les pulsions criminelles des demi-frères les rendaient comme des fauves prêts à déchirer la chair de l'enfant.

Tandis que Joseph est descendu dans une citerne désaffectée – descendu dans la terre comme pour une initiation malheureuse et comme s'il allait *renaître* de cette épreuve en ressortant du grand corps de la terre-mère –, les autres fils de Jacob prennent un repas. Dans le contexte, il s'agit bien d'un repas sacrificiel à tendance anthropophagique, comme s'ils avaient mis à mort l'enfant et qu'ils mangeaient son corps pour s'approprier sur un mode magique son expérience intérieure et sa position de « préféré du père ». Cette lecture nous rappelle la menace persistante de régression dans la mentalité archaïque, où se mêlent systématiquement l'idolâtrie, le sacrifice humain, l'anthropophagie et le manque d'amour.

Joseph échappe au sacrifice par le voyage – les marchands le revendent en Égypte – qui, même s'il se déroule sur le mode forcé de la violence faite à l'esclave, commémore et réitère la première émancipation d'Abraham, ce déplacement culturel qui permet à l'être, enfin seul, de s'extraire de la coutume pour commencer sa longue quête du sens. Le parcours individuel de l'exil se révèle être le chemin pour trouver son identité profonde et, paradoxalement, pour recueillir l'héritage mythique de la lignée. L'homme descendu jadis dans les entrailles de la terre, puis dans l'obscurité d'une prison, sera seul capable d'interpréter les rêves du pharaon au sujet de la nourriture et de la disette, c'est-à-dire aussi au sujet de la plénitude et du manque. Il veillera sur les récoltes – lui qui avait commencé sa carrière onirique par une histoire d'épis – et, par-dessus tout, il nourrira ses frères venus de Canaan pour échapper à la famine. A la violence, il répond par le don ; aux tendances anthropophagiques, il répond par le partage des céréales ; et, à ceux qui avaient utilisé la ruse pour le faire passer pour mort, il ne se fait connaître que progressivement, utilisant à son tour une ruse-parabole pour leur rappeler tout ce qu'ils lui avaient volé : sa jeunesse, ses parents, son pays natal et eux ses frères, dont la conscience s'était jadis abolie. Joseph, enfant-messie échappé au drame de la stérilité, devient l'homme-gardien de la fertilité – au prix d'un élargissement de l'horizon, puisqu'il se libère des limites familiales pour accéder à une fonction à caractère universel.

Le thème de la prééminence de l'enfant va se poursuivre avec la nouvelle révolution familiale telle qu'elle apparaît dans les textes du Nouveau Testament. Mais, entre-temps, il faut insister sur ce qui s'est passé pour les Hébreux au sommet et au pied du mont Sinaï, juste après la sortie d'Égypte – ce temps fort et terrible qui n'a pas encore permis d'échapper au sacrifice des enfants, puisque ce sont les petits Égyptiens qui sont morts pour ainsi dire à la place des petits Hébreux, selon la plus malheureuse des substitutions, celle qui ne comporte pas le travail salvateur du symbole.

Alors que Moïse ne redescend pas de la montagne, le peuple décide de fabriquer un veau d'or et de l'adorer selon la plus *pure* tradition des idolâtres, comme si le vieux fonds païen demeurait encore chez les descendants d'Abraham et de Sarah, d'Isaac et de Rébecca, de Jacob et de Rachel. Ce veau est souvent considéré comme une représentation de l'argent et des richesses, et il a servi de repoussoir à bien des moralismes. Mais c'est oublier l'enjeu principal : si l'idole reprend une place centrale au milieu du peuple, un jour ou l'autre elle réclamera ce qu'elle estime son dû : le sang de l'enfant, c'est-à-dire que la foule sans conscience projettera sur la chose inanimée sa propre violence à l'égard du nouveau-né. Qui admet l'idole appelle le sacrifice humain. Le veau d'or n'est pas dangereux en ce qu'il favorise quelques danses folkloriques plus ou moins lascives autour de sa définitive immobilité, il n'est même pas catastrophique en ce qu'il signifierait l'argent en tant que tel, mais il représente un danger terrible dans la mesure où il réveille les pratiques sacrificielles.

Alors s'inverserait l'histoire et son sens : ce ne serait plus l'animal qui viendrait sauver l'enfant en le symbolisant, mais l'enfant qui viendrait alimenter avec son sang une représentation animale, c'est-à-dire une moindre conscience. Ce ne serait plus le vivant qui viendrait au secours du vivant, mais la *chose* qui recommencerait à engloutir l'énergie vitale, le non-être qui aurait réussi à persuader les fous de lui sacrifier l'être. A quoi servirait donc d'être sorti de l'esclavage, si c'est pour retourner dans la plus terrible des aliénations : l'idolâtrie avec son cortège de sacrifices humains ? D'où la colère de Moïse – comme s'il s'écriait : « Ah non ! On ne s'est quand même pas donné tout ce mal pour en arriver là, toute cette peine pour régresser à ce point dans la barbarie ! » C'est que lui apporte la loi, cette loi où est prescrit en même temps, entre autres commandements, de n'adorer que le Dieu unique en sa transcendance absolue et de ne pas tuer ; c'est-à-dire, par voie de conséquence immédiate, de ne pas tuer *au nom de* Dieu, de séparer une fois pour toutes le sacré et le meurtre, de protéger le principe religieux des pratiques sacrificielles.

Ce que les Hébreux n'avaient pas supporté quand Moïse tardait à redescendre, c'est l'absence. La foule est dogmatique : elle veut une idéologie claire avec des obligations et des prescriptions rituelles. Elle veut des représentations bien délimitées, bien figées, comme les images, c'est-à-dire comme les idoles. Elle veut croire, et croire en quelque chose de tangible, de matériel – en quelque chose d'humain, oserait-elle dire, quitte à en appeler aussitôt à l'inhumanité. Et Moïse propose d'abord l'absence du guide, le deuil des certitudes, une pensée en suspens, une attente de l'Esprit. Il propose encore le départ et le voyage, il met en scène l'âme aventureuse dans un cheminement d'abord personnel. Nouvelle extraction de la conscience individuelle hors du groupe ; nouvelle audace de sortir des formes et de chercher le sens dans l'ailleurs radical. Paradoxalement, cet ailleurs et cette radicalité enjoignent le respect absolu à l'égard d'une forme, mais à l'égard de la seule forme qui tienne : le visage et le corps humains. Une alliance s'établit entre le non-visible de la transcendance et le visible de la personne humaine : le visage de Moïse s'éclaire de la lumière divine qu'il garde en mémoire sur sa peau. Et cette alliance fait face aux représentations formelles du sacré liées au sacrifice implicite du corps humain dans la personne de l'enfant. C'est une lutte à la vie à la mort : d'un côté la transcendance et l'*habeas corpus*, de l'autre la magie et la destruction-déstructuration de l'humain dans sa chair.

Si la loi a dû se fonder dans l'ailleurs de la transcendance, c'est parce que les coutumes barbares se sont toujours présentées comme légales. Mais la loi n'est pas une nouvelle coutume : elle comporte en elle l'abolition des coutumes ; elle n'est pas un nouveau légalisme, mais l'affirmation du lien entre l'humain et le transcendant et, à partir de cette affirmation, la protection de l'intégrité de l'être, en particulier dans la personne de l'enfant. Elle est le nouvel interdit solennel du sacrifice et c'est dans cette aspiration qu'elle vient se heurter à la résurgence de la folie meurtrière des idolâtres contre laquelle, d'une certaine manière, de colère et de chagrin elle se brise, comme pour dire et regretter la double séparation : entre l'humain et le divin, entre des parents et leur enfant.

Moïse va remonter sur la montagne et rechercher de nouvelles tables. La loi qu'il transmet à nouveau est la même, mais les tables ont changé. L'écriture est la même, mais la pierre est différente, le réceptacle matériel n'est pas comme le premier. Il s'est pour ainsi dire substitué au premier. Il a fallu négocier. Il a fallu céder un peu pour ne pas perdre complètement le lien avec la foule et les clans. Le sens aurait alors reculé un tant soit peu dans de la forme, non pas une forme idolâtre – non, bien sûr – mais une forme, disons, rituelle. Le rite serait un compromis entre l'absolue liberté du sens et de l'aventure humaine d'une part, le besoin de représentations et de supports d'autre part. Au risque dorénavant que le lieu du rite devienne un haut lieu de contradictions : s'élèvera-t-on à partir de la forme symbolique acceptée jusqu'au dépassement de toutes les formes transitoires ? Ou bien laissera-t-on la liberté du sens s'abîmer dans des formes étouffantes et finalement quasi meurtrières ? On ne s'étonnera donc pas de voir, avec le Nouveau Testament, la reprise du même double thème : poursuivre la révolution familiale *et* délivrer le sens de la gangue des formes avec, en toile de fond et au bout du compte, une terrible résurgence de la pratique sacrificielle, mais une résurgence comme décalée, propice aux interprétations les plus confuses et au retour en puissance de la barbarie.

Une mise à mort

La croix a beau être un des symboles les plus commentés au monde – la crucifixion semble signaler un échec du travail symbolique, un retour en arrière du corps meurtri, avec toute la religiosité maladive et morbide qui s'ensuit. Que s'est-il passé ? Comment le processus de transformation dans la structure familiale a-t-il pu se heurter si violemment à des coutumes d'un autre âge qu'on aurait cru abolies ?

Si nous considérons d'abord la famille évangélique dans ses relations affectives, elle représente incontestablement un aboutissement révolutionnaire pour la vie privée. Sans compter les attitudes tout à fait nouvelles pour l'époque de Joseph, ce nouveau père de ce temps-là, elle affirme la prééminence de l'enfant, qui est désormais le centre du foyer. A cette position centrale s'adjoint la nouvelle conception de l'enfant-Dieu, conception qui devait mettre en principe les enfants à l'abri, une fois pour toutes, des risques sacrificiels : désormais on ne peut plus immoler le fils à Dieu, puisqu'il est lui-même Dieu. C'est la nouvelle philosophie de la protection de l'enfance il y a deux mille ans en Palestine, c'est la théorie implicite de la Sainte Famille qui pouvait servir de cadre à l'action sociale de ce temps.

Quant à l'autre Joseph, le fils de Jacob jadis vendu par ses frères, il a gagné dans sa descendance, et son second rêve était bien prophétique : l'enfant-Dieu est adoré par son père et sa mère, et par lui chaque enfant est invité à représenter aux yeux de ses parents leur sauveur – celui qui d'abord guérit la généalogie, mais aussi celui qui figure leur propre transformation intérieure au point d'établir un lien désormais indestructible entre filiation et transcendance.

Mais pourquoi a-t-il fallu que l'enfant aimé allât souffrir des tourments de l'abandon ? Pourquoi la victoire, à la fois familiale et spirituelle, de la lignée qui avait initié la symbolisation du sacrifice a-t-elle basculé dans l'horreur ? Pourquoi le geste suspendu d'Abraham a-t-il été repris par les soldats de l'Empire ? Pourquoi l'esprit de la lignée, qui avait réussi à la purifier de toute violence exercée à l'encontre de l'enfant, est-il allé se précipiter sur un chemin de croix ? Pourquoi les paroles sacramentelles sur le pain et le vin, qui représentent un sommet de la pensée symbolique, ne précèdent que de quelques heures la négation même de la voie de substitution, c'est-à-dire le supplice ? Quelle terrible syncope entre la réalisation de l'espérance et le retour du drame dans le sang et dans l'acharnement sur le corps !

Pourtant, tout le monde était prévenu depuis le massacre des innocents : le pouvoir est cruel. On ne sait jamais exactement où s'opère la séparation entre le monde et le Royaume ; mais ce qu'on sait, c'est qu'un pouvoir totalitaire n'admet aucune contestation et surtout pas celle qu'il est incapable de comprendre. Au pouvoir politique s'est jointe une défense littérale du dogme, encore que cette défense ait été menée par un si petit nombre de personnes qu'elle a dû procéder à un complot, jouant à la fois de la rumeur et du questionnaire. Le mental et la puissance se sont alliés contre le cœur, au mépris d'un mouvement populaire spontané. La révolution a été confisquée – tant dans son aspect familial que dans ses éventuelles conséquences sociopolitiques. Une fois encore l'amour s'est heurté à la dureté du monde, même si le monde, à ce moment-là, n'était qu'un tout petit monde, une coterie, et non la foule dans l'ampleur de ses mouvements.

La famille de Yeshoua de Nazareth était en avance sur son temps. Elle n'a pu protéger son fils d'anciennes coutumes barbares. Elle a eu beau être saluée par des myriades d'anges, par des rois et par des bergers, par la connaissance et la non-connaissance, par les nomades et par les sédentaires, par les compatriotes et par les étrangers, par l'étoile et par les animaux au souffle protecteur, le fils se fait massacrer, et avec lui la généalogie se brise. Alors qu'il n'y avait pas une once de destruction dans la famille d'origine, voilà que lui s'affronte aux pires violences du dehors. Est-ce le prix à payer de l'émancipation et de l'accès à l'universel ? La vie ne saurait être donc que tragique ?

Des théologiens expliquent alors que tout ça n'est pas très grave, puisqu'il y a la résurrection. Ils ne comprennent pas – pas plus que certains psychanalystes quand ils interprètent les contes de fées – que la vie se déroule selon un processus dramatique et qu'il est important, pour ceux qui font profession d'humanité, de ne pas court-circuiter la question existentielle en présentant, comme si de rien n'était et comme si tout allait de soi, des résultats définitifs. Quand bien même je serais persuadé au plus profond de moi de la vérité de la résurrection, je tiens à vivre *aussi* comme si je ne le savais pas, parce que c'est cela vivre, c'est *ne pas connaître* la fin de l'histoire, c'est ne pas dédramatiser par avance la densité extrême de notre expérience humaine, parce qu'alors nous sortirions de l'humain et nous serions comme anéantis par la superbe de notre pensée. La théologie représente un danger terrible pour l'aventure spirituelle : un danger d'assèchement et de suffisance, un danger d'abstraction et de conceptualisation totalitaire, une méconnaissance du rythme cardiaque, de la joie et de la peur, de l'amour et des rires – et de la très chère perplexité.

Ce n'est pas le moindre paradoxe qu'au moment précis de l'échec de la voie symbolique – ce temps de la Passion du Christ – la scène rejaillisse comme symbole par excellence

– symbole de la souffrance humaine et tout particulièrement de l'amour non reçu. Et cette scène va servir de paradigme pour que d'autres souffrances, très privées celles-là et très secrètes, puissent s'exprimer en figures et en paroles, comme si cette vie d'abord heureuse qui est allée jusqu'à la mort était devenue une parabole pour dire l'indicible de la douleur d'autres vies, concrètement entourée d'autres lits où d'autres êtres se débattaient contre un supplice dans la psyché. Durant une hospitalisation en psychiatrie dans une ancienne salle commune, chaque soir, une femme allait de l'autre côté de la salle pour rejoindre ce qu'elle croyait être son lit, là où elle *voyait* le Christ crucifié entre deux voleurs ; et, chaque soir, les infirmiers lui rappelaient que son lit était en face et ils la reconduisaient. Elle disait par là que sa place à elle était le lieu de la représentation de la souffrance, qu'on se trompait à la reconduire toujours dans le lit, puisque son lit c'était sa douleur et qu'une part d'elle-même souffrait à l'image de cet homme-là, elle qui, dans cette salle commune, était celle qu'on affublait d'une culpabilité fantasmatique – comme si elle avait été une voleuse – pour se dédouaner d'attitudes destructrices qu'on faisait peser sur elle. Cette identification à l'homme de douleur marquait évidemment sa douleur présente, mais elle signifiait aussi – et c'est cela qu'il fallait alors impérativement prendre en compte, plutôt que se débarrasser de la scène en l'exorcisant par le diagnostic pseudo-savant de délire mystique – que cette femme pouvait souffrir en tant que fille, de même que le Christ est nommé Fils. Peut-être avait-elle été moralement crucifiée à l'intérieur de la filiation, peut-être était-ce comme enfant qu'elle avait été victime de cruauté, comme enfant dont on avait pu dire du mal.

Et comme la croix est *quand même*, malgré ce que nous disions tout à l'heure et que nous maintenons pour raison émotionnelle, le commencement d'une résurrection possible, elle peut signifier, en même temps que la reprise de l'histoire meurtrie de l'enfance, sa possible transformation en quelque chose d'autre, en une version humaine du salut qu'on pourrait appeler, en l'occurrence, santé psychique. Cela suppose qu'une relation d'aide ait pu alors rejoindre cette femme au cœur de ses représentations profondes – ait pu saisir la signification de la vision, sa signification existentielle, et travailler à partir de là pour bénéficier de l'énergie contenue dans le symbole de la croix, c'est-à-dire la force de la métamorphose, comme si la croix était appelée à devenir quelque chose d'autre, *à tourner*, comme si elle n'avait de sens que parce que ce sens était transitoire et qu'il ne demandait qu'à laisser la place au stade suivant de la transformation de l'être.

Aller de l'autre côté, c'est rejoindre le plan du symbole ; et voir en haut la scène de la crucifixion, c'est faire monter l'ensemble de l'expérience douloureuse à ce plan pour essayer de la transformer à partir de là – mais la personne n'est pas comprise et la scène se répète au risque de devenir stérile, précisément parce que la dimension symbolique n'est pas saisie et qu'on reconduit la conscience au seul lieu de son lit extérieur, au nom sans doute du sacro-saint principe de réalité, ce principe que la psychiatrie invoque tous les jours pour couper la réalité en deux, comme si la réalité intérieure n'était pas *aussi* de la réalité et comme si elle n'était pas, dans ces moments de crise, le réel prioritaire qu'on doit comprendre d'abord si l'on veut pouvoir rejoindre l'extérieur, dont l'importance n'est niée par personne et dont la nécessité est évidemment admise. Mais cela suppose qu'on apprenne le b a ba du langage symbolique, qu'on ne déclare pas phantasme le sens comme si on le tournait en dérision, qu'on ne regarde pas la psyché souffrante comme si elle était un objet de curiosité, voire un monstre ; qu'on ne se moque pas de l'être quand on ne le comprend pas ; qu'on ne l'habille pas de vêtements institutionnels et qu'on ne le recouvre pas d'épines conceptuelles pour le faire encore davantage souffrir dans sa tête.

En attendant, la personne hospitalisée avait mis en place un rituel – un rite de coucher – jusqu'à ce qu'on voulût bien l'accompagner dans cette aventure du sens qui est aussi une reprise de l'histoire. Nous disions qu'il y avait risque de stérilité. C'est toute l'ambiguïté des rites : ils font mémoire du vivant, mais si on ne les comprend pas de l'intérieur, ils cachent le vivant qu'ils peuvent finir pas étouffer. Comprendre le rite, c'est d'une certaine manière l'ouvrir et ne pas craindre de le dépasser dans sa forme pour rejoindre le sens qui y est enfoui et qui ne demande, une fois réveillé, qu'à avancer et se transformer toujours. Ouvrir le rite, ce n'est pas simplement redécouvrir l'énergie mythique qu'il recèle, c'est laisser cette énergie suivre alors son cours, quitte à ce qu'elle commence par accomplir-abolir ces figures dont elle n'a plus vraiment besoin.

Alors se fait jour un nouveau combat, comme une nouvelle rivalité, entre la forme chargée de dire un sens qu'on a peur d'oublier et la revenue royale de ce sens, son heureuse nudité qui se moque des formes et des habits et qui déclare l'existence humaine seul domaine agréé par la mystique. Ce combat peut se dérouler à l'intérieur d'un même être si, après avoir découvert un commencement de libération, il prend peur et s'accroche à d'anciennes attitudes ritualistes qui avaient été des protections, mais qui peuvent maintenant devenir des étouffoirs. Ce combat se retrouve clairement dans l'histoire religieuse, chaque fois que les tenants d'une orthodoxie, au nom d'une expérience fondatrice qu'ils avaient apprise à l'école mais qu'ils ne connaissaient pas de l'intérieur, s'en prennent à celui qui redécouvre en même temps du sens et de l'origine. Sans le savoir, ils recommencent, réactualisent et *re-ritualisent* un meurtre initial en mettant le monde et le Royaume à l'envers, comme s'ils se chargeaient de la violence du désamour, eux qui auraient dû précisément consoler les enfants du malheur. Alors tout s'embrouille à nouveau et tout se mélange. L'instance libératrice devient criminelle – la religion une aliénation, la psychiatrie un enfermement, et la substitution manquée une reproduction et une amplification de la violence. Mais si on dénonce à juste titre ces mystifications tout en disant *du mal* du symbole, alors on s'inscrit à son tour au rang des persécuteurs, parce qu'on nie à l'avance toute voie de libération par la profondeur et qu'on peut devenir pour cela désespérant.

Voici un autre rêve éveillé :

> Un grand voilier tout blanc
> il navigue juste à côté de la côte
> un grand voilier avec quatre mâts
> tout blanc
> un peu comme s'il cherchait à s'éloigner
> du danger de la côte
> il n'y a rien à faire il est toujours à longer la côte
> sans pouvoir partir vers le large
> je ne vois personne dedans c'est comme s'il
> était abandonné en fait
> je vois quelqu'un dans un mât tout affolé
> en train de crier
> il appelle au secours
> la distance avec la côte reste constante
> il avance il avance mais il ne va pas vers la côte
> je vois sur la côte comme une procession
> un groupe diffus comme une masse
> une procession qui longe la côte
> ils rentrent dans une chapelle
> en même temps j'ai vu un arbre arraché tomber
> je vois le bateau faire des ronds dans l'endroit
> à l'endroit où se trouve la chapelle avec les gens
> des petits ronds de rien du tout
> pratiquement du surplace
> avec toujours cette personne en haut du mât à crier
> je revois encore la chapelle avec l'arbre déraciné à côté
> des gens qui essaient de monter dans le clocher ils ne peuvent pas

je vois des mains toutes noires portant un cercueil
je vois un musicien qui joue de la flûte
je vois bien son visage
tous les gens sont en mouvement dans la chapelle
ils font un sacré tintamarre
je vois un autre bateau qui arrive très très vite du large
très toilé il arrive vers l'autre bateau
il est penché
les deux bateaux sont côte à côte maintenant
l'autre bateau il est d'une couleur sombre uniforme
et l'autre bateau blanc uniforme
et ils s'en vont côte à côte comme ça
le personnage est toujours en haut du mât
il parle avec personne
comme si l'autre bateau était vide aussi
ils s'en vont vers le large
je vois des gens avec des scies qui se mettent à couper l'arbre
ils font des petits rondins qu'ils mettent dans des brouettes
tout un défilé de brouettes avec quatre ou cinq rondins dedans
ils sont tous voûtés on ne voit pas leur tête
ils font un grand tas
une petite camionnette des années trente-quarante toute cassée
il y a un homme et une femme dedans
elle n'avance pas pourtant il tourne le volant il fait
comme si la voiture marchait
mais il n'avance pas
il y a quelqu'un qui est en train de mettre des
bras coupés à l'arrière de la plate-forme
il en met plein à la fourche
les mains bougent
je vois le camion qui s'en va avec son chargement de bras coupés
plein de sang qui coule derrière
des gens qui applaudissent autour
encore une procession
ils ont des bannières
ils suivent le camion ils sautent ils ont l'air content

le camion s'arrête et on met tous les bras dans un grand trou
on fait une immense tombe
les gens se mettent à danser autour comme des fous
on est en train de mettre le feu dans le tas de bois
dans les rondins qu'on avait emmenés là
les deux bateaux sont venus rapidement tourner en face et repartir
je vois tout sauter comme si on avait mis une bombe
un gros nuage
maintenant je vois plein de monde sur les bateaux
ils font des saluts
maintenant tout est désert.

La terre étant envahie et comme obstruée par une religiosité devenue folle qui régresse au niveau du sacrifice archaïque, l'être trouve refuge dans le bateau, c'est-à-dire à l'écart, même si cette position est elle aussi douloureuse parce qu'elle équivaut à de la solitude. Ancienne souffrance d'abandon pour un enfant dont la sensibilité non reçue ni comprise se heurtait à des façons de vivre et de penser qui lui semblaient brutales et vulgaires. Il peut y avoir ainsi comme une souffrance de la Passion dans l'âme d'un enfant qui a le sentiment de venir d'une autre planète et de ne pas appartenir à ceux qui s'entêtent à se prétendre *les siens*. Son goût pour la profondeur se heurte à des pratiques dites religieuses qui en fait relèvent davantage de la coutume que de l'expérience du cœur. Leur piété est représentée dans le rêve par cette procession – sarabande qui a tôt fait de laisser le chemin de l'intériorité pour réemprunter les vieux itinéraires où la dissolution de la conscience individuelle favorise un fanatisme meurtrier.

Le navigateur est seul, et de l'autre côté c'est la foule, c'est-à-dire le clan familial totalement inconscient qui se met à exercer une violence tous azimuts : contre la psyché *personnelle* qu'il ne reconnaît pas, contre le silence dont il se moque, contre le sens du sacré qu'il caricature, contre l'arbre de l'être et de la généalogie qu'il abat, et contre le corps de chaque génération qu'il massacre, avec cette insistance sur les bras et les mains pour montrer son acharnement à empêcher toute velléité d'action de résistance et de révolte. L'homme et la femme dans la vieille camionnette toute cassée, c'est le couple parental malade qui est à l'œuvre dans cette véritable destruction de l'arbre, du corps et du sens. Chaque brouette peut représenter une génération ; le *cortège* est bien alors la production de l'arbre abattu. Les bras-branches des générations passées sont sacrifiés sur l'autel d'une véritable folie. Nous sommes ici dans le monde du sang – cette trace que la camionnette laisse derrière elle comme un aveu –, loin, très loin de la substitution symbolique. Les participants ne fêtent ni la vie, ni la résurrection, mais la mort. C'est pourquoi ils se condamnent eux-mêmes à l'explosion finale, c'est-à-dire à devoir au bout du compte révéler ce qui les pousse à agir ainsi : du vide en eux, du non-être dans lequel ils s'abîment et disparaissent.

La vie s'est sauvée sur le bateau, qui avait reçu de l'aide et de la compagnie. La haute mer du monde intérieur et la réserve symbolique qu'elle contient ont permis d'éviter au rêveur le désespoir, pendant ce temps où l'existence avait été dominée par un processus familial destructeur. La prise de conscience rétrospective met en lumière la violence et le vide qui s'y trouvaient. Nous développerons plus loin deux thèmes qui sont encore annoncés dans ces images : la sorcellerie – la danse autour des bras coupés – et l'apocalypse – quant tout saute.

Mais regardons d'abord cet autre rêve qui exprime si fortement les douleurs d'une *passion* :

> J'étais enfermée, avec d'autres, dans une caserne, où nous avions chacun des box pour travailler. Nous avions tous l'ambition de devenir peintre. Je ne voyais pas les autres. De mon côté, je travaillais, de façon forcenée, sur une œuvre – mon œuvre. J'avais constamment, ouvert sur le sol, un grand

> livre, qui avait l'air de représenter pour moi une torture. Tout à coup, on nous a fait sortir de la caserne. Dehors, dans la cour, il y avait une foule immense, impatiente. Celle-ci s'est mise à applaudir et à crier lorsque six hommes sont arrivés, portant en hauteur un homme, assez petit et trapu, ne se débattant pas ; c'était mon professeur de dessin. La foule s'est jetée sur lui et l'a tué à coups de couteau. Elle se déchaînait. On nous a fait regagner nos box. Moi, je me suis agenouillée près du livre ouvert. Plus tard, on est venu me chercher. On m'a coupé la tête, on l'a accrochée au-dessus de mon box. Le sang coulait goutte à goutte sur mon œuvre, inachevée. Sur la page du livre ouvert se formait une flaque de sang.

Ici encore, c'est la sensibilité profonde qui est en jeu. Être artiste, accomplir son œuvre, c'est pouvoir exprimer l'ensemble de sa vie intérieure dans ses nuances et sa complexité, c'est pouvoir manifester au-dehors tout ce monde secret de l'âme qui s'est d'abord constitué au-dedans. Et c'est au moment précis de l'extériorisation qu'on verse dans l'épouvante, comme si la femme qui rêve souffrait d'une confrontation insupportable entre ce qu'elle ressent et ce qui l'environne. Mais cette confrontation n'atteindrait sans doute pas un tel paroxysme si elle n'était pas une douleur d'origine, quelque chose qui menace l'être dans son fondement. Le travail dans la caserne représenterait alors la vie intra-utérine, l'œuvre correspondrait au temps de la gestation, où l'être en quelque sorte *se fait*. L'œuvre, ce serait dès le départ tâcher de devenir soi ; et la sortie au-dehors ne serait rien d'autre que la naissance – naissance douloureuse dans un monde psychiquement fermé qui est incapable de recevoir l'intensité émotionnelle du nouveau-né, ce qui provoque chez lui des états intérieurs de scission et des risques de psychose. Le fait que, dès le départ, la rêveuse ait eu sous les yeux un grand livre qui avait l'air de représenter une torture semble dire que la souffrance avait commencé bien avant cet *éclatement* que fut la naissance. L'œuvre était déjà une tentative pour contrebalancer le contenu du livre, le *programme* malheureux, comme si l'enfant puisait de toutes ses forces dans sa liberté personnelle pour contrecarrer le fatalisme. Au moment de naître, ce n'est pas l'enfant-artiste qui manque de préparation, c'est la famille dans sa confusion qui se montre incapable de le recevoir. Tout devient violent et on assiste à une double mise à mort.

Il faut remarquer que la tuerie commence par le professeur de dessin – c'est-à-dire celui qui représente ici le chemin de la sensibilité. Mais il est aussi le père symbolique, et la *destruction* attaque d'abord ce plan qui est un recours avant de s'en prendre à la personne elle-même. Détruire l'univers symbolique de quelqu'un, c'est à terme le détruire, lui. Quand on empêche toute issue dans un ailleurs qui n'est pas de l'illusion, mais au contraire une nouvelle chance pour le réel, une nouvelle origine possible au regard de la première origine souffrante, on risque de rendre la victime folle – et c'est peut-être bien ce qu'on recherche.

L'inconscient du clan assassine la conscience individuelle, la coutume s'en prend une fois de plus au chemin personnel – à la faveur d'une certaine passivité qui ressemble à de la résignation, mais qui n'a pas dû se constituer du jour au lendemain. Cette résignation apparente du professeur de dessin doit être la conséquence d'un affaiblissement préalable dès la conception. Alors la violence se retourne contre l'être même, contre son corps et contre son unité. Couper la tête, c'est chercher à enlever toute conscience ; c'est aussi vouloir séparer les plans pour plonger l'autre dans les affres de la scission et du déchirement, c'est séparer le corps et la pensée, le réel et le symbolique, le désir et la conscience du désir, la sexualité et la spiritualité, la matière et le sublime. Accrocher la tête, c'est en plus revendiquer la violence, qui ne peut plus être considérée comme un simple engrenage malheureux – au sens de malchanceux – mais qui doit bien être regardée pour ce qu'elle est : une volonté délibérée de détruire, une rage de le faire et un plaisir à le faire, comme si certaines puissances n'étaient rassasiées que lorsqu'elles sont parvenues à obtenir leur content d'horreur. Cette revendication de la violence, cette exposition de la tête selon une mise en scène macabre, voilà bien un sacrifice sanglant qui plonge ses racines dans les pires pratiques archaïques des groupes humains – en l'occurrence, bien sûr, *inhumains*.

Rite de sang, anti-œuvre, système de mort, désamour et totalitarisme, nous sommes ici dans un nouvel épisode de la Passion. L'insistance sur la destruction du symbolique est marquée par le sang qui coule sur l'œuvre et par la flaque de sang qui se forme sur la page du livre ouvert. Création et écriture sont devenues impossibles : la vie ne peut plus produire que sa souffrance – et sa souffrance telle quelle. Elle ne peut plus écrire que cela, elle ne peut plus utiliser aucun mode de transposition, elle ne peut plus se traduire. Elle n'est plus qu'*elle* dans son empreinte malheureuse, elle n'a pas d'autre trace à laisser que son sang – sa souffrance brute – comme si elle était amenée à confirmer de façon terrible le programme du début du livre. Son livre de vie marqué par le sang, sa vie devient un chemin de douleur.

Notons encore que le professeur a été porté en hauteur avant d'être tué. Il s'agit d'une fausse élévation, ou d'une parodie d'élévation. Les acclamations relèvent de la coutume rituelle, et non de la reconnaissance. Le fait que la non-reconnaissance – le refus d'aimer – soit passée par le mode de la parodie – n'oublions pas que la parodie tient une grande place dans la Passion du Christ – montre à quel point la rêveuse a pu être confrontée à des faux-semblants et à des comportements-simulacres de la part de son entourage. Le thème de cette *élévation à l'envers* est repris dans la tête accrochée au-dessus du box, ce qui peut encore revêtir deux autres significations. La première rejoint la réflexion sur le regard. Il s'agit de faire souffrir l'enfant d'être devenu visible, comme si l'âme ne possédait plus aucun refuge où se cacher et panser ses blessures. La deuxième signification renvoie à la magie : quand l'être n'est ni en haut, ni en bas, ni en haut dans le *ciel* du plan symbolique, ni en bas dans l'enracinement existentiel, il subit en fait une tentative d'anéantissement – et le goutte-à-goutte du sang représente alors une perte progressive de substance.

Il faudrait enfin veiller à ne pas clore l'interprétation d'un tel rêve. Que le sacrifice symbolise la violence faite à la sensibilité profonde, et en particulier la souffrance de naître dans un monde qui n'aime pas, cela n'empêche pas qu'il ait pu y avoir, par la suite dans le déroulement de l'existence, des scènes traumatisantes graves qui ont pu s'inscrire dans un livre de vie ensanglanté.

Passage au symbole

Pour échapper au désamour, l'enfant va chercher des parents symboliques : des voisins, une cousine, un oncle, un éducateur ou une assistante sociale ; ou des acteurs de cinéma ou des chanteuses ; ou des représentations magnifiées de l'homme et de la femme et – pourquoi pas ? – une déesse avec son mari. Que ce soient des personnes-substituts ou des représentations, ce recours est possible parce que d'abord, au fond de la psyché, il y a cette présence d'autres sources parentales, cette dimension à la fois affective et universelle qu'on pourrait encore appeler figures de la mère et du père. Il ne s'agit pas seulement d'images, mais bien d'une présence et, si l'on peut dire, d'une présence-énergie – non de simples phantasmes, mais d'une réalité intérieure qui ne se laisse cependant approcher que si l'on entre dans son propre langage. La dimension symbolique ne se comprend qu'au moyen du langage symbolique, même si ce langage fait des efforts pour être le plus explicatif possible. L'obstacle qui rend difficile la saisie de cette richesse au-dedans vient de ce que d'habitude on confonde intériorité et subjectivité. Un préjugé moderne veut qu'il n'y ait d'objectif que ce qui est séparable de la psyché individuelle. Il considère que ce qui la concerne intimement relève, de façon stricte, de la subjectivité, sous-entendu de considérations privées aléatoires qui en aucun cas ne pourraient prétendre à une quelconque *vérité*. Mais le domaine intérieur, s'il comporte évidemment une vaste zone subjective, ne se limite pas à cette zone. Il la dépasse et la traverse et puise dans les nappes phréatiques d'un monde enfoui. Là aussi se tient le réel. La surface n'est pas plus réelle que la profondeur – ni d'ailleurs l'inverse. Surface et profondeur sont deux lieux et deux modes de la réalité. Intériorité et extériorité n'ont pas à entretenir des rapports de domination ni de soumission. La vie est au-dehors *et* au-dedans : l'être respire.

Voyez Cendrillon, l'enfant servante dont nous avons parlé. Elle vient de comprendre l'étendue de la violence qui lui est faite : on ne veut pas qu'elle aille au plaisir du bal, parce qu'on cherche à lui interdire la route de son désir. On ne veut pas qu'elle aime ni qu'elle devienne femme. Alors elle va pleurer toutes les larmes de son chagrin – c'est le travail de deuil qui commence. Et elle va dans le monde obscur de la forêt, du côté de l'inconscient et du côté de l'origine, du côté de l'humus et des lois de la nature. Et c'est là, en ce lieu qui l'environne et qui à la fois exprime son monde intérieur, qu'elle va rencontrer la figure de la mère dont elle a si fortement besoin. Elle qui a perdu sa propre mère et qui est rejetée par sa belle-mère, la voici qui rencontre une femme capable de s'occuper d'elle et de l'encourager au bonheur. C'est sa marraine, c'est-à-dire précisément une mère symbolique. Et cette marraine est fée, c'est-à-dire qu'elle a la capacité de transformer le réel, à commencer bien sûr par l'état psychologique de la jeune fille. La baguette représente une attitude bienveillante qui va permettre à Cendrillon de se transformer : c'est le regard aimant, c'est la voix aimante de la marraine qui ont pouvoir de redonner de l'espérance. Puisque Cendrillon est aimée par un regard et par une voix et par tout un comportement de tendresse, alors elle peut à nouveau espérer dans l'amour et aller au bal. Elle en a maintenant les moyens et la robe qu'il faut, c'est-à-dire un nouveau rapport à son corps – comme si la mère symbolique avait dit à l'enfant qu'elle était belle, et qu'elle l'avait ainsi délivrée des regard négatifs qui l'avaient auparavant rejetée dans la cendre. Maintenant l'enfant peut croire en l'amour, et en l'amour entre un homme et une femme, parce qu'elle vient de faire provision d'amour donné par une mère. La marraine est aussi fée en ce qu'elle entretient des rapports intimes avec les forces de la nature. Le désamour n'est-il pas l'éloignement de ces forces et de ces lois ? Ne faut-il pas chercher d'abord auprès de la nature – cette grande mère universelle – la consolation, quand on a souffert de l'inhumanité de sa propre famille ? Notons encore que pour les besoins de la cause – et le jeu en vaut ici la chandelle, puisqu'il s'agit du bonheur d'une adolescente – christianisme et paganisme ont bien voulu laisser de côté leurs querelles historiques et ont décidé de faire bon ménage dans la personne de cette femme qui a su lier en elle la marraine et la fée.

On a beaucoup parlé de la pantoufle de vair – on en parle encore. Peut-être faut-il y voir un symbole sexuel, encore que cela m'étonne ; parce que la dimension sexuelle, disons plutôt érotique, n'est pas du tout cachée dans l'histoire de Cendrillon. Qu'est-ce qu'on fait dans un bal ou dans une boîte de nuit ou à une soirée chez des amis quand on a 17 ans ou davantage ou un peu moins ? On danse, bien sûr, mais on ne danse pas toujours que pour la danse ; en tout cas pas Cendrillon ni le prince, et le bal dans l'histoire est bien le lieu de la rencontre amoureuse, et les jeunes gens semblent tellement se plaire qu'ils doivent bien savoir déjà qu'ils vont devenir amants. Mais ils sont encore séparés par quelque chose : non pas la différence des conditions sociales – l'amour ici s'en moquera – mais le risque de considérer le merveilleux comme illusoire, le risque que tout ce bonheur soit emporté par un réalisme défaitiste qui proclamerait : « C'est impossible, ce n'est pas vrai, les fées-marraines ça n'existe pas, les guenilles qui se transforment en belles robes de bal, ça n'existe pas, ni le malheur qui cède la place à la joie. » Et ce triste discours pourrait se poursuivre autrement : « La dimension symbolique, ça n'existe pas ; l'inconscient, c'est du phantasme ; et l'intériorité, ce n'est rien d'autre qu'un monde de pulsions. » Qu'est-ce que Cendrillon pourrait répondre à cette avalanche de négations, comment pourrait-elle *prouver* qu'elle a bien vécu ce qu'elle a vécu et qu'elle a même ressenti ce qu'elle n'avait jamais senti auparavant ? Pourquoi faut-il que l'expérience intérieure la plus radicale – et en même temps la plus heureuse – soit regardée comme illusoire et déclarée telle par ceux qui se prétendent savants et ne sont d'abord rien d'autre que les servants du vieux fatalisme ?

Heureusement, Cendrillon peut sortir de sa poche le fameux objet de vair et déclarer : « Messieurs les théoriciens, je vous présente ma pantoufle. Elle est le signe pour moi que ce que j'ai vu la nuit dernière n'est pas le simple fruit de mon imagination, ni une simple histoire compensatrice que je me serais inventée, mais que tout était bien réel, puisqu'un morceau de ce domaine a franchi les limites habituelles de la psyché et s'est déposé en qualité de témoin jusque dans mon existence ordinaire. » Tel est bien l'enjeu : le réel. L'expérience intérieure la plus profonde est aussi réelle qu'un organe du corps, la découverte des figures du dedans n'est pas plus un phantasme que le soleil ou la pluie, l'espérance n'est pas de la naïveté et le travail du symbole peut donner le jour à des édifices plus solides que des cathédrales. Ne pas le reconnaître, c'est finalement faire violence aux enfants, et tout particulièrement à ceux qui sont victimes du désamour. Les récits symboliques parlent de réalités intérieures qui sont vitales pour l'être et son devenir. S'en prendre au merveilleux, c'est blesser l'enfance. Si l'on se souvient des résistances que la pensée met en place pour ne pas voir ni entendre la violence du désir de mort dans certaines familles, on mesure la difficulté qu'il y a de faire admettre ces deux pôles opposés de la réalité que sont l'horreur et le merveilleux. Mais être vraiment réaliste, c'est prendre en compte la réalité dans l'ensemble de ses dimensions – qu'elle nous désole ou qu'elle nous enthousiasme. C'est la saisir à la fois jusque dans les hauteurs de la voie symbolique et jusque dans les bas-fonds de la cruauté. Les contes *savent* cela parfaitement, et c'est bien du fait qu'ils naviguent entre ces domaines contrastés qu'ils tirent leur puissance dramatique. On ne les comprend bien que si on leur *laisse* cette qualité, cette force du drame – tension extrême pour arracher finalement du bonheur.

Mais comment ça se passe, si on ne peut aller pleurer dans une forêt et si on a bien une marraine, mais qu'elle n'a pas les moyens de faire son travail ? Comment ça se passe quand on n'a pas une fée avec soi et qu'on est hospitalisée à 17 ans pour anorexie mentale, enfermée seule dans une chambre selon des procédés psychiatriques qui ne font pas particulièrement honneur à la civilisation occidentale contemporaine ? J. se souvient qu'elle se mettait à genoux pour prier. Un jour, elle se sent quitter son corps et monte jusqu'au plafond. Elle dit : « Je donne ma vie à ma mère. » Elle entend alors une voix qui lui répond : « Non, J., garde ta vie. » Elle se sent après transformée et elle réalise qu'il y a une chose qu'elle n'avait encore jamais connue : l'amour.

On a toujours tendance à appeler délire l'expérience de l'autre quand on ne la comprend pas. En fait, il s'agit ici d'un véritable processus de renaissance. Quitter son corps, ce n'est pas du phantasme, mais une réalité psychique qui peut arriver dans certaines situations particulières – à la frontière du malheur et de la libération. Il s'agit de sortir de ce lieu de souffrance que le corps constitue, il s'agit aussi de son histoire qu'il porte en lui, de s'extraire d'une réalité matérielle douloureuse, puisque l'anorexie, ce refus apparent de la nourriture, marque un contentieux avec le fait d'être corps, c'est-à-dire matière. Est-ce parce que ce corps a trop souffert qu'on n'en veut plus ? Est-ce parce que la première nourriture était inconsciemment empoisonnée par une problématique parentale qu'on ne veut plus, ou qu'on ne peut plus manger ? Est-ce parce qu'on ne veut pas *manger de ce pain-là* ? Ou est-ce encore parce que la chair a été un lieu menacé par des regards paternels ambigus ? Toujours est-il qu'il faut prendre ses distances par rapport à ce lieu sans issue, au risque de perdre tout ancrage dans le réel et d'aller se dissoudre dans un véritable délire ou dans la mort la plus physique qui soit. Quitter son corps et monter jusqu'au plafond, c'est passer au plan du symbole. Pendant un moment, rien qu'un moment, et protégée par la limite du plafond – ce qui montre qu'il n'y a pas de dissolution psychique – J. va sortir de son histoire chronologique pour se confronter résolument à la question du sens de sa vie. Et ça commence plutôt mal, puisqu'elle énonce un vœu sacrificiel, comme si elle disait : « Eh bien oui, je quitte mon corps et ma vie personnelle pour me consacrer à ma mère, je fais vœu de ne plus vivre mon corps et de ne pas laisser s'épanouir mes désirs afin de consacrer mes forces à celle qui m'avait donné le jour. J'accepte de ne pas devenir femme pour être en mesure de mieux servir cette femme qui est ma mère. » On croirait entendre les vœux d'une jeune fille qui entre *en religion*, ou plutôt en congrégation, car il n'est pas sûr que cela soit vraiment très religieux de sacrifier sa vie – que ce soit à sa mère ou à une mère supérieure ou à une quelconque représentation mentale de la divinité. Nous verrons qu'à ce propos aussi le fameux et terrible processus d'inversion est à l'œuvre.

Mais ici l'expérience est suffisamment profonde pour que la tendance sacrificielle – en l'occurrence autodestructrice – se trouve barrée par un autre mouvement et par une voix qui semble aussi calme qu'impérieuse. Cette voix exprime clairement le refus du sacrifice : « Non, ça suffit comme ça de se détruire pour les autres. Il est temps de mettre un terme au vieux mécanisme. » Puisque J. a voulu monter au plan du symbole pour y opérer l'accomplissement de son sacrifice, le symbole « l'attrape » et la renvoie à elle-même. Il apparaît donc comme un lieu de ressourcement, et la scène comme une nouvelle naissance – une naissance par en-haut, un recommencement grâce auquel l'être ne sera plus scindé, mais au contraire réunifié. La jeune fille est invitée à garder sa vie, et à la garder pour elle, comme une richesse qu'elle a reçue, comme un trésor dont elle est l'héritière. Lui avait-on laissé entendre autrefois que sa vie ne lui appartenait pas, qu'on ne la lui avait pas vraiment donnée, qu'à tout moment on pourrait la lui reprendre et qu'il valait encore mieux prendre les devants en l'offrant à sa mère une fois pour toutes, dans la solennité d'une chambre d'isolement bien capitonnée pour que le monde autour ne s'aperçoive de rien ?

Mais il y a cette voix qui vient et change tout, ce « miracle » qui n'est en fait rien d'autre que le rappel de la nature, dans un monde à l'envers où les parents ne veulent pas *donner* vraiment la vie à leur enfant. La voilà la mère symbolique ! Elle est là tout entière dans cette seule parole. Elle dit non à la négation, c'est-à-dire qu'elle dit oui à l'enfant. Elle la nomme, comme pour un nouveau et enfin véritable baptême, c'est-à-dire un rite de reconnaissance de l'être – et elle enjoint simplement l'essentiel : « Garde ta vie », comme si elle expliquait à son tour : « Moi qui suis la voix de la mère véritable, je ne te demande rien, et surtout pas que tu te consacres à moi. Si quelqu'un doit donner à l'autre, c'est à moi de le faire – et en tant que mère, te donner ne me coûte rien. Te donner me réjouit, te donner me construit. Tu n'es pas en dette vis-à-vis de moi. Tu n'as rien à me rendre, et je ne te demande rien d'autre que de me donner la joie de te voir heureuse. Va, va dans ta vie, retrouve ton corps et ses désirs, redescends dans le cours de ta chronologie, rentre dans ton devenir et deviens femme – et ne te laisse plus détruire par ceux qui ne te comprennent pas. »

J. s'est alors sentie transformée. Elle a vécu une véritable conversion : une conversion à *elle*. Et c'est alors qu'elle connaît la révélation de l'amour en prenant conscience de son absence.

Cela veut dire sans doute qu'elle réalise son besoin personnel de vie amoureuse – intuition on ne peut plus naturelle quand on rentre dans le monde de son corps. Mais cela veut dire aussi qu'elle n'avait pas été initiée à l'amour au début de sa vie, à la tendresse de parents pour leur petite fille. Cela veut donc dire qu'elle n'avait pas été aimée. C'est pour cela qu'elle ne voulait plus manger, c'est pour cela qu'elle n'en pouvait plus d'être ce corps en manque. Mais alors, dans le plus pur style de l'aliénation, elle se met en tête d'aller au bout du processus en consacrant sa vie à celle qui ne lui avait sans doute rien consacré. Elle croit être libre, quand au contraire elle s'apprête à obéir à l'ordre ancien : « Ne vis pas ! N'existe pas ! » Bien des vœux sont des reprises déguisées d'une ancienne malédiction que la victime reprend à son compte sans rien comprendre et en croyant être libre – une malédiction qu'il ne faut pas aller chercher du côté des enfers folkloriques, mais dans le goutte-à-goutte familial du désamour. Heureusement, il y a le coup de théâtre qui change tout, l'intervention *in extremis* de la mère symbolique qui doit être une amie de l'ange gardien d'Isaac, un de nos premiers sympathiques compagnons de route. Et toujours le même empressement de ces esprits tutélaires à nous rappeler la même devise : « Surtout pas de sacrifice, les amis ! Pas de sacrifice ! »

Figures du recours

Le passage au plan du symbole est salvateur. Cette dimension vient soigner et si possible guérir les blessures qui s'étaient accumulées, y compris et tout particulièrement les traumatismes ou encore, si l'on veut, ce qu'on pourrait appeler la zone de traumatisme – afin de ne pas la limiter à tel ou tel événement, parce que ces événements n'ont été rendus possibles, le plus souvent, que par un contexte globalement douloureux. Le symbole est cet ailleurs de l'histoire qui vient guérir l'histoire, il est comme une réserve de nature pour venir en aide à la part de nature qui a été meurtrie au cours du temps chronologique. L'étonnant est qu'il faille le chercher dans l'imaginaire – un imaginaire *réel* – et pour ainsi dire du côté du mythe – alors qu'une opinion courante a la fâcheuse tendance à déclarer le mythe illusoire, ou simple travestissement. En retour, ce domaine n'a de sens que dans cette sollicitude particulière qu'il éprouve vis-à-vis de l'existence humaine. Il n'est pas un lieu à part et narcissique qui se déroulerait loin de nos préoccupations sur le mode de dieux indifférents, simplement occupés de jouir de leur immortalité bienheureuse. Il n'est pas un ailleurs clos sur lui-même qu'on ne pourrait approcher qu'au moyen de connaissances ésotériques, pas plus qu'il n'est une matière à apprendre, une matière autre, un en-haut qu'on n'atteindrait qu'au prix du sacrifice de notre en-bas.

Il est plutôt comme une profondeur bienveillante qui ne cesse de se pencher sur nous. Même si nous ne sommes pas malheureux. Même si nous avons bénéficié d'une enfance aimée. Alors il vient pour élargir encore notre horizon et nous guérir, si l'on veut, de limites trop contraignantes et d'un certain manque d'universalité. L'expérience de la totalité est aussi un soin, en ce qu'elle répond à notre désir qui est la marque du manque. La venue des figures symboliques console chez l'un le manque d'amour et chez l'autre le manque d'universalité – et les deux expériences à un certain moment se croisent, parce que l'amour donne de l'universel, et l'universel approfondit l'amour.

Encore faut-il se souvenir que le symbole vient chargé d'histoire. Il porte en lui une double mémoire : mémoire du monde et mémoire d'une vie. Il vient chargé de toute l'expérience de la psyché humaine et, en même temps, il déroule un sens qui s'est déjà chargé de cette histoire particulière de quelqu'un. Le mode sur lequel les figures symboliques surgissent dans mon inconscient est aussi riche du déroulement de ma vie, dans la mesure où il est aussi, et sans doute d'abord, réponse à cette vie-là qui fut jusqu'à présent la mienne. Si nous séparons les deux plans, nous restons précisément dans la scission : à peine a-t-on découvert ce qui pourrait guérir qu'on entreprend de l'utiliser pour se rendre plus malade encore. Si j'interprète un rêve sur le seul plan de mon histoire personnelle, je me coupe – moi avec ma pensée – de ce qui, dans mon rêve, vient déjà de l'histoire du monde et me hèle vers de l'universalité. Mais si je ne veux plus voir que cette dimension-là et si je m'y réfugie de façon quasi enfantine, comme si une réalité historique était déclarée à jamais trop ordinaire pour mériter qu'on s'en occupe, je risque, non seulement de devenir fou – voire dangereux pour autrui – mais surtout j'abandonne cette part de moi qui avait besoin d'attention et de douceur.

On utilise parfois le plan du symbole pour *ne pas* se transformer, alors que lui est tout entier tendu vers notre transformation. On le manipule en l'admirant et en l'adorant, et on se garde bien d'écouter ce qu'il vient nous dire de nous dans notre histoire toute simple et si extraordinairement humaine. On le vénère pour ne pas l'entendre, on le sacralise à outrance pour refouler la moitié de son sens – l'autre moitié étant alors comme perdue et pour ainsi dire blessée. On reconstitue en fait les vieilles habitudes idolâtres au sein même de l'expérience intérieure. Et voilà comment, à force de ne pas s'occuper de son existence, on fossilise le merveilleux. Revenons à nos chers parents symboliques – ceux qui savent si bien relier les plans – et voyons-les à l'œuvre dans un rêve éveillé :

> Une main d'adulte qui tient un couvercle
> de grande lessiveuse en métal
> qui le pose sur la lessiveuse
> en appuyant bien fort
> je suis à l'intérieur
> je suis habillée de noir
> recroquevillée
> je n'ai pas envie de lutter par le haut
> je préfère m'échapper par ailleurs
> je me rends compte que le fond de cette lessiveuse est percé
> comme si elle avait éclaté
> les morceaux sont tout rouillés
> et piquants
> j'aventure une main à l'extérieur
> je ne sens rien
> mes yeux cherchent à voir
> ils ne voient rien
> je sens cette présence dangereuse au-dessus de moi
> elle me fait peur
> j'entends le couvercle qui se soulève
> je suis saisie par la peau du dos
> par une main crochue

je suis petite
on me jette sur un tas de fumier
tout fumant
je roule dans le purin
j'ai l'impression d'être une naine
je vais sentir mauvais
je me remets sur mes pieds
je les trouve grands
mes mains aussi sont grandes
mais on dirait que tout le reste a rétréci au lavage
qu'il faut que je trouve un lavoir
ou une rivière
je préfère une rivière
il faut que je réussisse a sortir de là
c'est dur pour ma petite taille
escalader ces murs
il n'y a pas de prise
je ne veux pas me risquer à prendre la canalisation du purin
j'y ai déjà assez goûté
une vache s'aventure par là
elle me dévisage
elle semble comprendre le problème
elle se retourne
elle me présente sa queue
dont je me sers comme d'une corde
je me retrouve sur l'herbe
j'ai oublié
j'ai oublié le chemin de la rivière
je vais le demander au facteur
qui vient apporter le courrier à la ferme
il ne s'aperçoit pas de moi je suis trop petite
je m'agrippe à son pantalon
c'est seulement là qu'il réalise qu'il y a quelqu'un
mais je suis sale
il va peut-être me rejeter
j'ai du mal à parler
j'essaie de me faire comprendre par gestes

j'imite quelqu'un qui nage
je crois qu'il a compris
il m'indique le chemin qu'il faut prendre
c'est drôle lui aussi il me parle par gestes
je comprends qu'il faut d'abord monter dans le bois
puis redescendre de l'autre côté
il me propose de monter sur son porte-bagages
mais je me trouve vraiment trop sale
il me propose un vieux journal
alors j'accepte
à bicyclette ça va plus vite
on prendra la route de la corniche
et je pourrai enfin me laver
mais je ne veux pas aller avec lui jusqu'à la ferme
on ne comprend pas pourquoi
il repassera plus tard
j'aime sentir le vent
sur mon visage
quand il pédale vite
il me dépose
près de la rivière
je le remercie
et il s'en va
je trouve un trou d'eau derrière un rocher
et j'y plonge
je sens mon corps qui se détend
je sens mon corps qui s'allonge
je reprends une taille normale
une taille de jeune adolescente
je n'irai plus me promener de l'autre côté de la ferme
c'est décidé.

Le moment où la petite fille est prise par la peau du dos évoque la naissance, une naissance sans ménagement affectif, une naissance-rejet, comme si elle était à proprement parler *jetée* dans l'existence. Elle n'a de relation qu'avec une main, pas avec une personne. Son corps a dû être manipulé sans qu'*elle* en tant qu'être ait été portée. On l'a tournée et retournée sans lui parler peut-être, sans s'adresser à elle ni la prendre en considération. Le parent n'était donc que sa main, et cette main a pu être ressentie comme crochue, parce qu'elle manquait de tendresse.

Elle ne donnait pas, elle prenait, elle attrapait, elle avait de l'emprise. Et puis surtout cette non-personne, cette absence de quelqu'un qui aime, a jeté la petite fille sur un tas de fumier. « Elle veut vivre ? Eh bien qu'elle se débrouille ! Et qu'elle aille voir d'abord dans la souffrance comment c'est la vie ! », semblent dire certains parents qui confondent l'éducation avec l'épreuve perpétuelle et qui sans cesse rajoutent de nouveaux obstacles sur la route de leur enfant.

Être jeté dans le purin, c'est bien être rejeté, être considéré comme un rebut, comme ce qu'on ne veut pas et qu'on éloigne de soi, comme si l'enfant, dans la psyché très malade de la mère, était considéré dans son corps comme un excrément qu'il fallait mettre parmi d'autres excréments. On aura beau jeu après de dire à l'enfant qu'il sent mauvais, c'est-à-dire de le déclarer coupable de tout et de rien. Il sera facile de projeter tout le mal sur lui, puisqu'on l'aura prédisposé à endurer de la souffrance. La petite fille devient *femme de douleur*, elle porte sur elle le poids d'une folie familiale qui se drape dans la plus sociale des normalités. Désamour clinique, désamour aseptisé, discours moraliste pour cacher une violence fondamentale qui va se dérouler, ici encore, dans le cadre des relations privées.

La difficulté vient de ce que la rêveuse se dit : « Je vais sentir mauvais. » Nous retrouvons l'intériorisation de la culpabilité, c'est-à-dire finalement son inversion. La petite fille risque de penser du mal d'elle, parce qu'on a projeté le mal sur elle. Elle risque de se vivre comme impure, pour la seule raison qu'elle n'a pas été reçue pleinement dans sa famille – et de regarder son corps comme impur, parce qu'il n'a pas été suffisamment touché par des mains tendres. Quand on sait qu'un enfant victime du désamour est particulièrement exposé dans son corps à l'agression, et notamment à l'agression sexuelle, nous devinons le terrible danger qu'une simple menace de cet ordre peut représenter : la confirmation de cette prétendue impureté du corps, qui n'est rien d'autre qu'un redoublement de souffrance pour ce corps à qui on a assigné le rôle de victime. En attendant, G. est dans la fosse à douleur et elle se sent comme naine, parce que son corps enfantin n'a pas été regardé dans son mystère, mais dans sa petitesse extrême et dans cette faiblesse dont on a profité pour lui faire violence. Être naine, c'est aussi aujourd'hui à l'âge adulte se sentir encore prisonnière d'une enfance *rétrécie* de l'extérieur par toutes sortes de limites imposées injustement.

Heureusement, les parents symboliques passent par là : la vache et le facteur. La vache est le plus naturel du symbole de mère, puisqu'elle donne le lait, y compris, après transformation bien sûr, celui qu'on met dans les biberons. Même si c'est grâce à une série d'opérations qui produisent le lait en poudre, la vache reste la nourrice principale des petits humains – au détriment de son veau, qui, lui, aura été sacrifié afin que sa mère puisse nourrir les enfants de l'homme et de la femme.

La vache dévisage l'enfant. Nous dirions plutôt : elle lui donne visage, elle lui redonne son visage en la regardant comme peut-être personne ne l'avait encore regardée. Elle se tourne et lui présente sa queue – ce nouveau cordon ombilical, ce nouveau lien à une maternité primitive qui sera salvateur en ce qu'il permettra à l'enfant de sortir de son désespoir. La vache présente ainsi sa croupe comme pour réhabiliter de façon implicite le monde de l'excrément qui avait été injustement méprisé par ceux qui n'aiment pas la nature. C'est la nouvelle naissance, et la vache ne demande pas son reste dès que la petite fille se retrouve sur l'herbe de sa nouvelle vie. Comme un personnage qui a joué son rôle, elle sort de la scène et disparaît dans la coulisse. Comme à son habitude, la mère symbolique ne demande rien en retour du don de la vie. Elle donne et s'en va, se définissant elle-même par le don et n'ayant besoin de rien de plus.

Place au facteur, le nouveau père chargé de la communication qui vient peut-être contrebalancer un père historique silencieux et taciturne, un père qui ne donne pas envie de parler, qui n'ouvre pas les chemins vers le monde extérieur et ne favorise aucun contact. C'est ce père lié à un certain mutisme qui pèse encore sur la petite fille et qui l'empêche de formuler clairement son souhait. La rêveuse retrouve-t-elle à ce moment-là une sorte de zone autistique qu'elle aurait frôlée dans sa petite enfance ? En tout cas, le père symbolique se met à portée de l'enfant. Il la rejoint dans son langage à elle, il sait la comprendre et se faire comprendre d'elle et il apparaît bien ainsi comme celui qui soigne la communication et la relation à l'autre. Et les voici qui repartent, lui sur sa bicyclette, elle sur le porte-bagages, parce que la mère n'a pas l'exclusivité du portage. Le père aussi porte son enfant. La culpabilité domine encore, on la trouve dans ce véritable sentiment d'indignité qui fait que la rêveuse a besoin d'un journal pour ne pas salir la bicyclette du facteur. Il arrive qu'à la suite d'une expérience intérieure forte quelqu'un se ressente comme indigne de ce qu'il vient de vivre. Il a beau l'avoir éprouvée, il continue de croire que ce n'est pas vraiment pour lui, comme si la Grâce avait commis une erreur et qu'elle s'était trompée d'adresse. Mais non, elle ne s'est pas trompée. Simplement, elle se moque des questions de valeur et de jugement, de mérite et de non-mérite. Elle est, comme la vache tout à l'heure, ce qui se donne simplement. Il n'y a qu'à recevoir. Mais c'est bien ça qui est parfois si difficile pour les enfants qui n'avaient pas reçu leur content d'amour au début de leur vie. Recevoir, ça s'apprend.

G. ne peut pas encore aller au bout de ce que lui enseigne le facteur : l'ouverture vers le monde extérieur et la relation aux autres. Elle a besoin de faire étape dans l'eau de la rivière pour s'y laver. Elle s'y lave du purin, elle s'y lave surtout de l'eau *empoisonnée* de la lessiveuse. Elle se purifie de l'eau morte par l'eau vive, du monde malade de la mère par les profondeurs de l'inconscient. Elle prend un bain psychique à l'intérieur d'elle-même, elle se restaure – ce qui peut correspondre aussi à un travail thérapeutique, à condition qu'il ne soit pas dominé par de l'analyse intellectuelle, mais qu'il soit d'abord un lieu de ressourcement et un chemin. Dans l'eau de l'être, le corps se détend et la féminité se retrouve. L'adolescence se guérit de l'enfance malheureuse, la vie redevient possible grâce à ces trois étapes de la renaissance : sortir de la fosse, rouler sur la bicyclette, plonger dans la rivière. Les deux premières étapes ont bénéficié de la présence active et secourable des parents symboliques. La troisième représente la renaissance par soi-même, au moyen de ses propres forces, dans le plaisir de se retrouver soi, comme s'il avait fallu – après être sorti du monde psychologiquement violent de l'origine historique – s'émanciper encore des nouvelles figures parentales pour aller au bout de la liberté personnelle. Et la rêveuse se dit qu'elle n'ira plus se promener du côté de la ferme, parce que dorénavant elle ne veut plus retourner en arrière.

La vache et le facteur ont donc su tenir leur rôle, y compris dans leur acceptation de disparaître après et de retourner tranquillement dans l'humilité de l'invisible. Mais qu'est-ce qui serait arrivé, s'ils n'avaient pas pris le temps de comprendre la détresse et les besoins de l'enfant, s'ils étaient passés outre et avaient poursuivi leurs chemins respectifs d'animal et d'employé des postes ? Qu'est-ce qui arrive, quand le symbole ne fait pas son travail, ou plutôt quand le domaine et les personnes qui sont chargées de le représenter et de l'actualiser se détournent de leur mission première et n'attachent pas d'importance particulière à l'enfance, ni à ses besoins affectifs ? La dimension symbolique, cette présence dans la psyché profonde, œuvre toujours à la restauration de l'être, de même que le corps lutte et se défend contre les agressions des maladies. Mais pour les représentants de cette dimension, à commencer par les institutions religieuses, héritières d'une expérience intérieure fondatrice, la question se pose : sont-ils toujours attachés à cette œuvre de restauration de l'être et de consolation des enfants tristes, ou bien s'occupent-ils surtout d'autres choses jugées plus sérieuses et plus importantes, au risque de devenir complices de la violence et d'y participer activement, et de trahir et piétiner l'origine dont ils se réclament ? Je commenterai à ce sujet un autre rêve, tout simple, mais tout autant chargé de sens et d'histoire que le récit précédent.

> Deux parents ont attaché leur petit enfant – presque un bébé – au mur du presbytère. Comme ils ne reviennent pas, je le détache. Puis, je lui apprends à dire : « pain ».

Il peut sembler étonnant et choquant que des parents aient ainsi attaché leur petit enfant à un mur. Mais c'est que les adultes ne sont pas assez conscients des situations d'abandon *de fait* qu'ils imposent parfois aux enfants. Soit qu'on les laisse trop longtemps seuls dans leurs berceaux, soit que par la suite on les laisse s'ennuyer sans ami pour jouer avec eux. Soit qu'on les mette en pension, comme ça se faisait beaucoup à une certaine époque, sous couvert de qualité d'enseignement ou d'éducation religieuse. Il est vrai que certains enfants se sont trouvés obligés d'être internes, alors qu'ils étaient encore assez jeunes, parce qu'ils habitaient dans une ferme, ou dans un bourg éloigné des collèges et des lycées. Mais ce n'était pas toujours le cas. Quand on s'intéresse aux distances kilométriques réelles qui séparaient le lieu d'habitation de la pension et cette même maison de l'établissement scolaire le plus proche, on découvre la violence ordinaire des beaux discours éducatifs. Dans les faits, de nombreux enfants ont été éloignés sous un prétexte ou un autre. Et dans les faits, même quand ils n'étaient pas éloignés géographiquement, ils l'étaient dans le temps : ils ne rentraient que rarement chez eux, certains seulement à Noël, à Pâques et aux vacances de l'été. Il y a eu toute une période au XXe siècle où l'obligation scolaire a couvert une pratique massive de l'abandon affectif, *grâce* notamment aux institutions religieuses, dont certaines se faisaient une spécialité de ne pas laisser les enfants rentrer souvent dans leurs familles – là encore, les prétextes allaient bon train, et puis n'était-ce pas la coutume dans certains lieux ? N'était-ce pas *juste*, puisque c'était la même chose pour tout le monde ? Donc des enfants, au nom de la Sainte Famille que ces pratiques devaient épouvanter, étaient séparés de la leur et confiés à ceux qui avaient fait vœu – comme par hasard – de ne pas fonder de famille et de ne pas avoir d'enfant.

Revenons au mur du presbytère dans le rêve qui nous occupe. Ce mur représente sans doute la pension dans laquelle, très jeune, la rêveuse avait dû aller et où elle est restée tout le long de son obligation scolaire. Pourtant, cette fois-ci, l'institution dite religieuse n'était qu'à trois ou quatre kilomètres du magasin des parents. Mais, justement, c'était un magasin et, comme chacun sait, ou plutôt comme on le disait avec cette terrible inconscience, quand on tient un commerce, on n'a pas le temps de s'occuper de ses enfants. On dit alors qu'ils poussent tout seuls, ou bien on les confie à la congrégation voisine, spécialisée dans la grammaire et les mathématiques – deux formes pour le moins étonnantes de la mystique contemporaine.

Dans ces conditions, comment les représentantes de ce qui aurait dû être un domaine symbolique consolateur pouvaient-elles apporter à la petite fille, sinon son content d'amour, du moins une part ? Comment pouvaient-elles, ces femmes occupées de résultats scolaires et de moralisme culpabilisateur, comment pouvaient-elles prendre la mesure du chagrin ? Elles pratiquèrent donc le même abandon que les parents, les deux mondes furent complices de la même violence. Le recours n'a pas fonctionné. Si l'enfant du rêve est resté attaché au mur du presbytère, ce n'est pas seulement parce que ses parents ne venaient pas le chercher ; c'est aussi parce que les locataires du presbytère ne venaient pas davantage. L'âme enfantine est laissée seule, abandonnée par ceux qui devaient la nourrir parce qu'elle est la chair de leur chair, et par ceux qui devaient la consoler, parce que l'enfant pas plus que l'homme ne vit que de pain.

Le presbytère, comme lieu constitutif du pain symbolique, s'est révélé incapable de satisfaire le cœur de l'enfant. Il aurait dû pourtant être sensible au sort de la petite fille, puisqu'il était lui-même attaché au sacrifice du Fils ? A moins que, justement, les contresens *monumentaux* effectués sur ce thème du sacrifice aient d'abord servi à en amplifier la pratique au lieu de la résorber. La femme qui rêve – et qui est maintenant grand-mère – finit par détacher le petit enfant, c'est-à-dire sans doute l'enfant qu'elle avait été – prisonnière d'un chagrin et exposée à des situations morales difficiles. C'est comme si elle s'adoptait elle-même rétrospectivement et qu'elle donnait à son histoire enfantine la chaleur qu'on lui avait refusée ; comme si elle, qui était fille de son histoire, devenait mère et grand-mère de ce passé douloureux, comme si elle se plaçait à l'origine de sa vie pour venir consoler sa tristesse d'antan. Étrange expérience humaine, celle qui consiste à devenir le parent de l'enfant qu'on fut autrefois ; étrange justice – tardive ? – celle qu'on finit par s'accorder, après avoir pris acte d'absences aussi injustes que répétées. Il y a un absentéisme affectif insupportable chez nombre d'adultes qui, par ailleurs, se montrent ponctuels et consciencieux.

La rêveuse se délivre et elle s'apprête sans doute à donner ce qui manque à l'enfant : le double visage du pain, dans sa version matérielle de bien-être et dans sa version spirituelle d'être. Mais d'abord elle lui apprend à dire le mot, comme si elle lui apprenait à exprimer sa demande. Peut-être, pendant tout ce temps, a-t-il ravalé sa demande avec ses larmes au point de ne plus pouvoir dire ? Peut-être une vie s'était-elle déroulée autour d'une zone muette, tout ce qu'on ne sait plus à force de ne pas l'avoir dit, tout ce qu'on ne veut plus demander parce qu'on s'est habitué à ne pas recevoir, tout ce fatalisme qui s'est inscrit en silence dans la gorge et dans la pensée ? La femme d'aujourd'hui fait sa propre éducation – on pourrait dire : sa rééducation. Elle apprend à dire son désir et à exprimer son souhait. Elle apprend à dire les mots et particulièrement celui qui concerne à la fois le manque, le besoin et l'espérance ; ce mot, cette parole, ce verbe qui se fait chair et qui demande à la chair, par l'entremise de la mère, de redevenir verbe, afin que s'accomplisse totalement le cycle du symbole et que les plans soient à nouveau reliés – ce mot autrefois sans doute vidé de son sens dans la bouche des parents qui tenaient un magasin d'alimentation.

Crise et apocalypse

La crise d'évacuation de souffrance comporte un paradoxe : d'un côté, elle est bien la reprise d'un événement ou d'une situation repérable dans le temps historique, et, d'un autre côté, souvent, elle fait appel au plan du symbole pour se dérouler. La crise est à la fois hyperréaliste et profondément symbolique, et sans doute une fois de plus le paradoxe n'est-il qu'apparent : c'est le travail du symbole qui permet le meilleur respect de la réalité existentielle, tandis que la puissance de fait du réel est la matrice du langage symbolique. La crise peut être un revécu saisissant au regard de la fidélité de la mémoire, dont le corps est le garant. Une personne peut ainsi revivre une scène traumatisante dont elle souffre à nouveau. En fait, une part d'elle-même ne cessait d'en souffrir, et le revécu est plutôt un dévoilement de ce qui continuait de se répercuter en profondeur. La souffrance de la crise est une tentative pour mettre fin à cette ancienne douleur, un essai pour en souffrir une fois pour toutes et finalement s'en délivrer. Mais ce revécu peut aussi bien s'accompagner d'images symboliques particulièrement fortes, et il arrive que ces images prennent le pas sur la visualisation de la scène d'origine. Ce n'est pas forcément de la censure, ni du refoulement, mais un autre procédé d'évacuation qui lui aussi est au travail, cette tentative de libération par le haut, par la transformation ou transmutation du réel en une autre réalité, afin de relier les plans jadis séparés, afin de colmater la brèche que le traumatisme avait ouverte entre l'en-bas de l'être et son en-haut. La symbolisation est une réponse à l'ancienne brisure du symbole, la liberté retrouvée des images et du sens contrecarre le totalitarisme du malheur, et notamment de l'agression physique, où le corps n'est plus que lui, rivé à lui-même par la souffrance et privé d'*ailleurs*. Le symbole participe à la libération, la construction en images psychiques aide très concrètement à l'évacuation de la souffrance, le récit dans la tête vient au secours du récit dans le corps, dire aide à vivre ce qu'on avait vécu et qui ne pouvait se dire – raconter aide à vomir ce qui a fait mal, comme dans cet autre rêve éveillé :

> Je suis dans un récipient
> un seau qui est accroché à une espèce de ficelle
> dans un puits
> je suis toute petite au fond du seau
> le seau est en mauvais état il est rouillé
> il est rempli de matière un peu gluante de glaise
> le seau déborde de cette matière
> le seau monte il est tiré par quelqu'un
> au fur et à mesure que le seau monte
> cette glaise sort du récipient
> mais j'ai l'impression qu'il y en a toujours autant
> et je me rends compte qu'elle sort de ma bouche
> c'est quelque chose de fade
> au fur et à mesure que le seau monte
> au contact du soleil c'est plus difficile ça se durcit
> c'est plus difficile de s'écouler hors du seau
> pourtant autour de moi ça reste mou
> ça ne me gêne pas
> pour me mouvoir
> parce que je veux sortir du seau
> et je me rends compte que si ça dure je vais
> pouvoir marcher pour arriver jusqu'à la surface
> mon corps est libre

je ne suis pas gênée par la dureté de la glaise
et j'arrive à monter dans le puits
cette glaise sort toujours de ma bouche
je suis arrivée en haut du puits
et je regarde en bas je me rends compte que
cette glaise se dépose au fond du puits
et le seau est suspendu au-dessus du puits mais à l'extérieur
je vois la margelle
il y a du soleil
mais je ne peux pas sortir du seau tant que j'ai
de la glaise qui coule de la bouche
je ne peux pas sortir sur la terre avec cette glaise
je suis toute petite
quand il va falloir sortir je ne vais pas pouvoir
aller à l'extérieur toute seule sur le sol
cette glaise me fait mal à l'intérieur en sortant
j'ai l'impression que ça ne s'arrêtera pas
ça coule toujours
je me penche sur le bord du seau
pour que ça s'écoule directement dans le puits
et non plus dans le seau
en fait je vomis tout ce qu'il y a à l'intérieur
mais je suis étonnée du volume de ce que j'ai
à vomir par rapport à ma taille
ça me fait toujours mal à l'intérieur
mais il y a du vent dans les cheveux qui
me fait du bien
le soleil aussi me réchauffe la tête
le niveau de la glaise monte dans le puits
et c'est dur comme de la terre
et finalement si ça monte jusqu'au seau je
pourrai descendre pour atteindre la
margelle pour sortir
quand je serai sortie du puits j'ai l'impression
que je n'aurai plus rien à sortir de la bouche
il y a du vent
et le seau sur lequel je suis accrochée bouge

et je crois que je vais réussir à sauter sur le sol
je me sens vraiment toute petite
j'arrive à sauter sur la margelle
la pierre est chaude
et je m'assois mais en me tournant vers
l'extérieur du puits
et la glaise s'arrête de sortir de ma bouche
et j'ai l'impression d'être libérée
d'être plus légère
ça ne me brûle plus à l'intérieur
je suis bien assise sur la pierre
mais mes pieds ne touchent pas terre
et je n'ai pas la force de me mettre debout sur la
margelle pour sauter sur la terre
je sens la chaleur de la margelle sous les fesses
j'ai les mains posées sur la pierre
il y a du soleil
le contact de la pierre me réchauffe
il faut que je reste là
[...]

Le seau rouillé fait penser à la lessiveuse dont nous avons parlé à propos des parents symboliques. Il marque cependant ici une position transitoire, dans la mesure où il permet à une femme, qui se revoit et se revit petite comme une enfant, de remonter hors du puits – hors de l'état d'enfouissement dans lequel la psyché maternelle voulait la maintenir, hors de la fosse à douleur qui pervertissait la terre-mère en marâtre et en eau engloutissante. Il s'agit bien d'un mouvement libérateur, d'une nouvelle naissance qui équivaut à une sortie de prison, de l'accès à l'air libre d'une nouvelle conscience. Ce mouvement n'est possible que parce que M. accepte de se confronter à son ancienne douleur en la racontant, en la retrouvant par la mémoire et en l'exprimant avec des mots et des images. Le récit permet la remontée hors du gouffre, au fur et à mesure que vomir délivre le corps encombré. M. vomit son histoire en la disant et en reconnaissant la fadeur et le dégoût d'anciennes expériences enfantines, et la glaise d'abord molle durcit, comme si le récit permettait de poursuivre sur de nouvelles bases et comme s'il y avait bien eu un processus de transmutation de la matière existentielle – ce qui est le contraire d'un refoulement. Le réalisme de la mémoire s'allie à la dynamique du symbole pour aider la personne à s'extraire d'une origine morbide et lui offrir cette nouvelle origine où il devient enfin possible d'être soi.

Quand le symbolisme au travail dans la crise se déploie jusqu'à son zénith, il n'est pas rare de découvrir des images et des thèmes qui relèvent de la tradition apocalyptique. Le jugement dernier apparaît alors, sur le plan psychologique, comme un nouveau principe de séparation, comme une distinction rendue nécessaire à cause de toutes les anciennes confusions, à commencer par le mélange entre la vie et la mort – non la mort naturelle qui fait partie intégrante de la vie, mais cette mort anéantissement dont nous avons déjà parlé et que nous tâcherons de décrire davantage au chapitre de la magie. De ce point de vue, le bien et le mal sont d'abord des traductions morales de l'être et du non-être. L'apocalypse, selon l'étymologie, est un dévoilement : une conscience finale, c'est-à-dire absolument claire – même si elle procède au moyen d'un symbolisme abasourdissant –, permet enfin de *voir* ce qui avait été occulté et particulièrement ce qui avait été camouflé par le principe d'inversion. L'expérience limite de l'être lui donne de révéler la part de non-être qui avait cherché à l'envahir. La montée pleine et entière au plan du symbole représente une victoire définitive sur des puissances de destruction qui avaient miné l'histoire, à commencer bien sûr par le désamour. Au cours d'une pareille expérience de la psyché, un homme raconte :

> Je me vois allongé sur un nuage
> je vois l'ange
> qui parcourt un royaume

où on voit le grand-père d'A.
c'est comme si c'était le jugement dernier
l'ange est tantôt vautour
je vois des gens au lance-flammes en train
d'essayer de le détruire
mais il est indestructible
il y a le côté serein et le côté agressif
il est ange pour les bons épervier pour les méchants
moi je suis là en spectateur
[...]
je vois l'œil de l'épervier
qui fait comme un kaléidoscope
ça tourne ça tourne ça tourne
ça prend l'effet d'une tornade
qui aspire les hommes et les objets
tout le monde est aspiré
et en haut il y a ceux qui montent et
ceux qui descendent
c'est un tri
et le haut ressemble à un cratère de volcan
qui est en éruption
et la lave coule
et il y a ceux qui sont épargnés ceux qui
ne le sont pas
il y a ceux qui ne risquent rien et ceux qui
sont détruits

Les mécanismes de destruction sont représentés par le lance-flammes qui est une arme de guerre. Mais ils ne peuvent rien contre l'ange-épervier-vautour, parce qu'il est trop haut et trop fort pour eux – il est indestructible. Il est le plan du symbole et en même temps cette part centrale de l'être, ce noyau que les souffrances historiques n'ont pas réussi à ébranler ; il est l'œil de la conscience totale qui permet le renouvellement du monde, ce regard qu'on jette sur sa chronologie et qui la saisit d'un coup dans son ensemble, et qui établit aussitôt les bases d'une nouvelle vie possible. L'œil est devenu cratère de volcan. Cette conscience-là est esprit ; ce qui voudrait dire que si on limite par avance la psychologie à la psychologie, c'est toute la conscience qu'on limite et que peut-être on empêche. L'aspiration spirituelle donne à la conscience son étendue naturelle. Elle ne relève pas de la croyance, elle est *être* et immédiatement conscience d'être. Elle est aussi éruption, jaillissement – comme le plaisir. Elle est aussi manifestation-naissance à partir de la matrice de la terre. Ce volcan est feu et roche, esprit et matière. Son activité répond au travail qui précède la naissance : toute expérience intérieure à dimension apocalyptique s'apparente à un accouchement.

Les scènes données à voir à Jean sur l'île de Patmos s'inscrivent dans cette rigoureuse construction symbolique. Peut-être faut-il considérer comme un « épisode clé » l'apparition de la femme enveloppée par le soleil – la lune est à ses pieds et douze étoiles couronnent sa tête – dans la mesure où, enceinte, elle crie dans les douleurs et le travail de l'enfantement, comme si elle figurait l'ensemble de l'expérience intérieure qui est bien un enfantement, comme si l'Apocalypse était bien, d'abord, un accouchement avec ses phases successives rythmées par les contractions. La terre psyché accouche et ce n'est évidemment pas un *hasard* si l'énorme dragon rouge feu à sept têtes et dix cornes se place à côté de la parturiente pour être prêt à détruire le nouveau-né. Il est ce qui cherche à anéantir l'être dès sa naissance, il est le mauvais génie du désamour qui rôde autour des maternités et menace les berceaux. Il est la généalogie malade, l'ancienne pathologie qui avait gangrené la lignée et qui était devenue le chancre de l'arbre.

Le combat eschatologique représente, aussi, cette lutte contre une maladie du lignage, cette tentative pour purifier le principe de génération, c'est-à-dire l'établir solidement sur l'amour entre les êtres. Et dès l'instant qu'on veut bien considérer cet enjeu généalogique, on ne s'étonnera pas que le dévoilement dise en même temps l'origine et la fin, l'alpha et l'oméga, dans la mesure où chaque être, dans *son* temps, est à la fois héritier et ancêtre, contemporain de l'origine par ses ancêtres et de la fin des temps par sa descendance. Et comme cet enjeu généalogique s'est évidemment répercuté dans l'histoire individuelle, l'apocalypse est aussi une évacuation de souffrance, une crise majeure – la crise des crises. L'être parvient enfin à se libérer d'une accumulation d'anciennes douleurs qui s'étaient déposées en strates dans son inconscient. Les *malheurs* et *fléaux* du texte de Jean de Patmos peuvent alors être regardés non comme de la cruauté qu'on aurait vite fait de projeter sur le ciel -- n'oublions pas la première erreur d'Abraham – mais comme des revécus de traumatisme, ce processus que nous connaissons bien dans le travail thérapeutique et qui consiste à essayer de laisser remonter une souffrance *pour* qu'elle s'en aille. La dimension universelle des visions de Jean indique que ce processus concerne l'ensemble de la création, comme si tous les traumatismes vécus par l'ensemble de l'humanité depuis son commencement allaient *un jour* remonter à la surface pour y être évacués – la terre libérant en même temps sa souffrance et son enfant.

Rappelons encore la vision centrale du récit de Jean :

> Alors j'aperçus debout entre le trône aux quatre Vivants et les Vieillards, un Agneau, comme égorgé, portant sept cornes et sept yeux qui sont les sept esprits de Dieu en mission sur toute la terre.

L'agneau comme égorgé représente les souffrances de l'humanité – telles qu'elles rejaillissent dans le monde d'en haut – et particulièrement celles qui proviennent du sacrifice des enfants, puisque le Christ en qualité d'enfant-messie a pris sur lui la douleur des jeunes vies massacrées, physiquement ou psychiquement. Il n'est pas celui qui revendique le sacrifice

– comme la religiosité morbide voudrait nous le faire croire – mais celui qui, ayant pris acte de la souffrance sacrificielle – un fait anthropologique –, la hisse au plan du symbole en même temps qu'il s'en charge dans son être, parce que son être tout entier actualise la force symbolique du vivant. L'agneau transmute la souffrance sacrificielle en sacrifice symbolique, c'est-à-dire qu'il rétablit le sacrifice initial dans son véritable sens qui est la transformation intérieure. Il reprend sur lui l'ensemble des projections malheureuses afin de permettre à la terre, et par voie de conséquence à la psyché, de se libérer du sang et de la mentalité archaïque. Mais en aucun cas il ne cautionne le sacrifice. Sinon, il n'aurait pas de colère et l'expérience humaine ne connaîtrait pas de terreur apocalyptique. La colère vient précisément de la dénonciation des anciens mélanges, et elle s'adresse tout particulièrement aux idolâtres sacrificateurs de tous poils. N'oublions pas que l'agneau s'est d'abord manifesté, au début de la vision, comme *un Fils d'homme*, dont il est dit : « de sa bouche sort une épée effilée, à double tranchant ».

Le tranchant de la parole spirituelle sépare l'être du non-être, il est aussi un renversement du couteau sacrificiel en une épée de mots : à la violence dans le corps, il substitue la transformation par l'énergie d'une parole qui contient en elle du sens et le révèle. L'épée est aussi le *retour du refoulé* d'une certaine violence, puisque le Christ s'était finalement résolu, à la veille de sa passion, au silence et à une apparente résignation. En fait, le feu a couvé sous la cendre historique et la lutte s'est perpétuée jusqu'à l'explosion salvatrice d'un verbe qui se déploie librement au milieu des images-présences. La crise apocalyptique est le retour d'une bonne violence qu'on avait jadis enfouie, l'émergence d'une agressivité de bon aloi, la délivrance de la capacité d'agir, le goût de lutter pour la vie et pour *sa* vie d'abord, c'est-à-dire contre la destruction et contre l'anéantissement.

Au regard du temps de l'histoire, la crise apocalyptique représente encore une accélération, une sorte de synthèse-syncope où les siècles du monde et les âges d'une vie sont ramenés dans du présent absolu – comme auparavant nous avions vu la terre aspirée par l'œil de l'épervier. Le sens répond à la durée qui l'avait mis à l'épreuve ; comme si quelque chose dans le temps avait cherché à tuer le vivant, mais que le vivant était parvenu à utiliser le poids de l'adversaire pour se construire dans le secret. Il n'est pas mort, il a mûri. Maintenant qu'il est de retour il se ressaisit de toute l'histoire pour lui imprimer un mouvement libérateur, il reprend le récit qu'il contraint à devenir une légende.

Quelqu'un a fait ce rêve :

> Un sexe de femme. Il est pénétré par un œuf. L'œuf est blanc autour, noir dedans, parce qu'il y a un petit aigle dedans. Une fois dans le ventre, l'aigle grandit, grandit, et le ventre gonfle, gonfle vite. Le ventre éclate et l'aigle s'échappe. Le ventre est en feu suite à l'explosion et je me dis que c'est le feu de l'enfer.

Ce qui est repris ici, c'est bien sûr la conception et la gestation. L'être doit s'accorder une nouvelle conception, comme indépendamment du couple parental, et ce *tout simplement* parce que les parents n'avaient pas manifesté d'amour. Dans l'œuf, il y a une zone obscure : le noyau de l'être, le profond de la profondeur, le dedans du dedans – l'intime et en même temps l'embryonnaire, et l'embryon s'empresse de quitter la configuration humaine ainsi que la durée normale de la grossesse, sans doute parce qu'avoir été porté neuf mois dans le ventre du désamour a constitué une telle épreuve, un tel chemin de souffrance que la reprise du vieil itinéraire ne peut se faire qu'au plan du symbole, grâce à une transformation psychique radicale. J. se fait aigle pour renaître par le haut, elle grandit plus vite que le ventre de sa mère ne le permet : il faut répondre à un vieux risque de mort *dans* le ventre de cette mère, il faut court-circuiter la mort en allant plus vite qu'elle. L'enfant-aigle prend les devants. Il impose le temps symbolique de l'esprit à un corps qui avait dû s'être laissé envenimer par des pensées morbides. L'inconscient de la mère n'étouffera plus l'enfant, puisque l'enfant, dans sa propre psyché, a su faire éclater ce qu'il y avait de destructeur dans ce qui l'avait jadis porté et qu'il avait pu à son tour intérioriser contre lui-même.

Renaître, ce n'est pas encore ici venir au monde, mais s'échapper du monde dans un premier temps, parce que le monde n'avait pas su être la bonne origine. Cette délivrance anticipée *révèle* la nature du ventre dont l'éclatement provoque un feu d'enfer. Traduisons à notre tour le rêve en légende : une petite fille avait été portée dans le ventre infernal d'une mère qui ne l'aimait pas. Elle avait peur de ne jamais voir le jour, ou de ne pouvoir naître que dans l'obscurité tenace du désamour. Alors elle s'est faite aigle pour renaître d'en-haut et pour aller plus vite que le temps. Elle est devenue esprit pour dénoncer non pas la matière ni le corps, mais au contraire la part infectée de la matière et du corps qui à terme menace leur existence. Elle est passée par l'apocalypse ; elle redeviendra simplement humaine et rejoindra son corps quand les circonstances amoureuses seront favorables.

En attendant, crise et apocalypse auront mis en évidence des personnages munis de lance-flammes, un dragon et le feu de l'enfer d'un ventre, comme si elles tenaient à rappeler une vieille question passée de mode après avoir été obsessionnelle durant des millénaires : la question du mal. Il est frappant de constater que les images et le vocabulaire traditionnels du problème du mal réapparaissent au cours des évacuations de souffrance les plus fortes, comme si l'être qui se délivre en profitait pour dénoncer le principe qui était à l'œuvre dans l'ancienne tentative de destruction. Faudra-t-il mettre cela sur le compte du phantasme ? Faudra-t-il continuer de se boucher les oreilles avec de la théorie ? Pourquoi ne pas prendre en compte attentivement ce qui apparaît dans ces moments-là, pourquoi ne pas chercher à comprendre la signification de ces découvertes ? Ne sont-elles pas fiables *a priori* puisqu'elles sont contemporaines de la libération ? Si au moment où l'être se libère d'une souffrance, si à ce moment-là précisément il met sur le tapis la question du mal, alors il faut lui accorder la plus extrême attention : si la conscience du mal accompagne les victoires sur les traumatismes, c'est que cette conscience n'est pas indifférente à la restauration de l'être – et comment ce qui favorise cette restauration pourrait-il être regardé comme illusoire ?

Mais la difficulté vient de ces fameux mélanges historiques que nous ne cessons de dénoncer, de cet extraordinaire embrouillamini qui n'est jamais plus confus qu'à propos du sacrifice. Globalement, la mentalité archaïque voyait le mal un peu partout et, dans certaines traditions religieuses, visait tout particulièrement la sexualité. Aujourd'hui, la plupart des conceptions modernes, fières d'avoir dépassé le clivage entre bien et mal, affichent un relativisme qui n'est pas sans rapport avec la crainte de paraître ridicule. Nous voici donc pris entre deux feux : ou nous retombons dans une forme quelconque d'intégrisme, ou nous laissons entendre que le mal n'existe pas, que tout est relatif, que ça se vaut, que ça dépend, qu'il faut comprendre et que, de toute manière, l'anthropologie étant ce qu'elle est, nous devons considérer les faits humains pour ce qu'ils sont et ne pas les passer au crible de fausses grilles moralistes évidemment arbitraires. Nous retrouvons ici notre question du commencement, et nous sommes en partie d'accord avec cette vision moderne des choses – mais en partie seulement. Qu'il ne faille pas regarder *l'ensemble* des faits humains à partir de conceptions moralistes, voilà certainement une garantie pour les libertés. A condition qu'on ne mélange pas tout. A condition que l'on mette à part le désamour et son corollaire, le sacrifice des enfants ; à condition que l'on mette également à part le totalitarisme et son corollaire, l'univers concentrationnaire ; à condition que l'on n'oublie jamais de mettre à part les résurgences de la sorcellerie et de l'anthropophagie. Dès l'instant que nous avons fait cette distinction, alors oui : les sociétés humaines n'ont pas à être criblées de jugements moraux et la liberté de l'être se nourrit d'un regard capable de relativiser les choses. Mais pour ce qui est du *reste*, il est dangereux de prétendre tout relativiser et de se targuer d'avoir dépassé le bien et le mal. Il ne faut pas faire ce cadeau de la pensée au néant, ni au fascisme, ni à la maltraitance des enfants, ni aux pratiques incestueuses – à caractère parfois rituel. Il ne faut pas qu'un intellect épouvantablement narcissique fasse le jeu de la mort, quitte à ce qu'ensuite il vienne présenter ses excuses en disant : « Je ne l'ai pas fait exprès, je ne voulais pas ça. » Nous n'avons pas l'intention d'attendre le retour de la bête pour nous poser la question du mal. Nous nous la posons ici et maintenant, et notamment à la lumière de ces fameuses crises d'évacuation de souffrance, au cours desquelles on ne se contente pas de renaître : on en profite pour devenir *philosophe* – et ça sert dans la vie après.

Si ce qu'on pourrait de nouveau appeler « tendance à l'anéantissement » a infesté une généalogie, il n'est pas alors complètement étrange de voir que certaines traditions aient projeté le mal sur la sexualité. Mais, ce faisant, elles ont commis une erreur tragique au profit de ce qu'elles prétendaient combattre. Ce n'est pas la sexualité qui est en cause, mais le désamour. Ce n'est pas la chair qui s'éloigne de l'esprit – comment pourrait-elle le faire, elle qui est tout entière esprit ? – mais la violence parentale en cascade à l'égard des enfants, qui change le corps de chair en corps de pierre et le cœur en machine métallique. Dire le mal sur le sexe, c'est alors propager le mal, puisque le sexe est la nature même, et le désir est la vie même, et rien ne dit mieux le vivant que le désir – c'est bien *pourquoi* sans doute la nature lui a confié le soin de présider à la naissance des enfants. Penser et dire du mal du désir amoureux, c'est faire le jeu du mal, qui vise toujours l'enfance. Culpabiliser la chair en raison du combat contre le mal sur terre, c'est s'en prendre encore au désir de vie de la nouvelle génération ; c'est ne pas vouloir que Cendrillon aille au bal, ni que Blanche-Neige rencontre le prince.

Nous en revenons toujours à cette priorité absolue qui consiste à opérer les distinctions : ne pas confondre l'arbre avec son chancre, ni la lignée avec ce qui la parasite. Il s'agit de libérer la chair de ce qui l'entrave, et non de la condamner au profit du non-être. L'abstinence n'est pas ce que certains croient, et le désamour – qui, lui, *sait* les choses – s'acharne particulièrement sur la sexualité salvatrice.

Emprises

L'abstinence sexuelle a bonne presse dans un certain nombre d'institutions religieuses. Pourtant, à y regarder de plus près, elle représente un danger mortel tant pour l'humanité que pour la mystique – et la mystique n'est-elle pas d'abord la profondeur de l'humain ? Disons-le d'entrée de jeu : l'abstinence relève de l'activité sacrificielle, elle est l'avatar jugé acceptable des anciennes immolations. Elle en a gardé la mentalité. S'interdire son désir et son plaisir, ce n'est pas seulement s'interdire d'être soi, c'est aussi s'interdire à jamais de rencontrer l'autre et de le comprendre. Que cela s'opère au nom de l'altruisme et d'un amour prétendument universel ne nous étonne pas, dans la mesure où nous sommes accoutumés maintenant au vieux processus d'inversion. Quand on emploie l'expression « s'interdire », c'est une manière de parler, parce que, souvent, la personne qui choisit l'abstinence n'a rien choisi du tout, elle croit s'interdire quelque chose, alors qu'on le lui a interdit depuis longtemps, elle n'hésite pas à appeler voie ou vocation ce qui nous semble plutôt relever de la programmation. Ce n'est pas toujours vrai, mais ça doit l'être bien plus souvent qu'on ne croit – et, pour les autres situations, elles relèvent davantage de la contamination idéologique telle qu'Abraham l'avait subie et à laquelle il avait échappé de justesse.

Souvent, trop souvent, ce qu'on appelle vocation religieuse est une sorte de transposition du désamour, une transposition et non une libération par voie symbolique, puisque réellement et très concrètement le corps est meurtri de n'avoir pas le droit de jouir. Ce n'est pas le corps dans son ensemble qui est tué, c'est *seulement* la sexualité qu'on immole, paraît-il, mais en fait c'est bien le corps tout entier qui est nié dans son désir. Et comment la psyché pourrait-elle ne pas être atteinte par cette nouvelle forme de couteau que les sacrificateurs nomment « pureté » et que les analystes appellent « censure » et « castration » ? Quand on sait comment le vieux système de mort s'acharne sur le désir amoureux de l'enfant, on s'imagine aisément que là où la sexualité est contrecarrée, là rôde la mort. Mais elle s'est déguisée et elle montre patte blanche, patte très blanche et très pure d'une idéologie hypermoralisatrice, puisque le mal n'a de cesse que de paraître le bien, et la mort la vie, et le néant le devoir, et les parents violents fiers d'avoir un fils dans la prêtrise et une fille dans les ordres. Les vieux processus de destruction ont poussé vraiment très loin l'art du travestissement, parce qu'ils sont raffinés, organisés. Ce sont des stratèges dont la spécialité, rappelons-le, consiste à mettre le monde à l'envers. Prenons acte de la puissance de l'adversaire et aussitôt combattons-le vigoureusement, de toutes nos forces, parce qu'il est, lui, le menteur, celui qui détruit et qui prétend aimer. Quant à sa victime, elle s'identifie avec une faculté déconcertante à la représentation la plus sacrificielle et la plus morbide du drame de la crucifixion. Elle ne pourrait pas y parvenir, la plupart du temps, si elle n'y était psychologiquement prédisposée, pour ne pas dire déterminée. En fait, l'entrée dans les ordres est un sacrifice jugé acceptable par une société qui a commencé de refouler le caractère sanglant des cérémonies archaïques, mais qui entend les poursuivre autrement, de façon plus feutrée, plus aseptisée. La règle du silence étouffera le cri enfoui dans le cœur, parce qu'il faut toujours une justification plus ou moins sublime – une couverture – quand on assassine un enfant. Et la victime, comme d'habitude, est invitée à intérioriser le plus fortement possible la violence qui s'exerce sur elle. Qu'on ne s'inquiète pas : elle va faire du zèle, elle va s'exécuter docilement. Elle va même en rajouter, et elle va reprendre à son compte la bonne vieille technique de justification, grâce à des discours théologiques raffinés. L'objectif est toujours le même : justifier la souffrance – et en l'occurrence la sienne. Mais le drame est aussi toujours le même : la victime se croit libre, elle ne voit pas qu'elle exécute un contrat qu'on lui a mis en main depuis longtemps, depuis le début peut-être, depuis la naissance ; quand quelque chose lui disait – la *chose* lui disait : « Ne vis pas. » Et l'interdit inavouable s'est drapé dans la gloire de la religiosité, le vieux coup de couteau des idolâtres s'est recyclé dans l'abstinence et dans la solennité des vœux perpétuels. C'est bien cela qui s'est passé : la peine de mort abolie, reste la perpétuité.

Faudra-t-il encore s'étonner du succès international de la règle d'obéissance ? Mais rien n'est plus logique, rien n'est plus à sa place que cette règle, puisque l'obéissance est, *chronologiquement*, antérieure à la vocation ? La vocation n'est souvent que la mise en acte, à peine sublimée, de la soumission au désir de mort. On n'obéit pas parce qu'on est entré dans les ordres, on entre dans les ordres parce qu'on obéit déjà – comme dans n'importe quelle secte. Sinon, on ne supporterait pas d'obéir comme ça, on n'arriverait pas à apprendre si vite à obéir. Il a bien fallu qu'on ait reçu une formation préalable. Se laisser détruire par quelqu'un d'autre, ça ne s'improvise pas. Ça demande du temps, de la patience ; il faut briser une à une les nombreuses premières révoltes de la petite enfance, il faut écraser l'un après l'autre les soulèvements libertaires qu'aucun dictateur digne de ce nom ne saurait tolérer. Il faut de l'organisation et une visée sur le long terme.

Quand un jeune homme se laisse briser ainsi, il est déjà en bout de course. Prêtre s'identifiant au Fils meurtri, il ne voit pas qu'il a déjà été meurtri lui-même en tant que fils ; il ne comprend pas qu'il *était* déjà ce fils souffrant et qu'en aucun cas il ne pouvait ainsi s'ouvrir sur de l'universel, puisque au lieu de s'extraire de l'ancienne oppression il s'y est enfermé davantage, faisant contresens sur contresens, alors que le Christ qui avait été un fils aimé suivait une voie de confrontation avec le monde, et non de soumission.

En fait, souvent, trop souvent, la mère supérieure n'aura été que l'amplification du problème historique de relation à la mère, et le père abbé, le directeur de conscience et l'évêque auront manqué à tous leurs devoirs de pères symboliques, puisqu'ils n'encouragent pas chacun de leurs fils à vivre son amour en ce monde émouvant de la chair qui connaît Dieu comme personne. En regard de la lignée malade s'organise, paradoxalement, une lignée stérile. Pauvre Sarah ! Pauvre Rébecca ! Pauvre Rachel ! On ne comprend plus votre joie d'être devenues mères. A l'absence d'amour fait écho l'absence d'enfant. Alors, les deux successions pathologiques se manipulent mutuellement : la famille destructrice envenime la pensée religieuse, la religiosité fondée sur de l'abstinence empoisonne l'éducation des enfants des autres. Toutes deux sont d'accord pour mettre un frein, sinon un terme, à l'élan du lignage. Et cela, cette pratique qui consiste pour de la spiritualité à mettre à mort la généalogie, c'est un comble vraiment pour la conception messianique. Briser un enfant au nom du Messie, c'est se moquer du monde et de Dieu, c'est tout confondre, tout mélanger, c'est bien une régression dans la barbarie, un retour au pays des sacrificateurs d'enfants, ces vieux idolâtres à la manque, ces vieux fous de la coutume, ces fanatiques de la cisaille qui n'ont jamais rien su prêcher d'autre que la mort.

La mort est entrée en religion ; disons plutôt qu'elle a fait de l'entrisme. L'expérience religieuse – depuis si longtemps –

s'est laissé infiltrer par les services secrets de la violence. On croit qu'on milite dans un groupe libertaire, mais non : on est complètement manipulé par la police politique. Depuis quand ? Depuis presque le début, depuis juste après le commencement, c'est-à-dire juste après la première expérience, celle qu'à juste titre on appelle mystique, puisqu'elle nous a véritablement descendus dans le mystère de l'être comme dans un bain de feu. En ce sens, la racine de la vocation a pu être un véritable appel, mais la forme qu'elle a accepté de prendre n'aura été le plus souvent que la pire des trahisons : une traduction bourrée de contresens, complètement fausse – tout à refaire ; un infâme brouillon barbouillé de dogmes et de rites que la prochaine apocalypse brûlera.

Mais la première fois, le premier amour – ce n'était pas ça. C'était tout entier dans le cœur et c'était simple, c'était là, c'était fort. Pour certains, ça a même pu être une vision, et moi, comme je suis resté candide, je veux bien le croire. Par exemple, je veux bien croire qu'une jeune fille nommée Bernadette a vu une dame qui lui a dit qu'elle était l'Immaculée Conception. Seulement voilà, j'ai à ce sujet quelques idées personnelles, à commencer par ma tristesse de voir que la jeune fille est entrée dans les ordres – à moins qu'on ne l'y ait poussée ? C'est dommage de commencer sa vraie vie près d'une source et de la poursuivre sous le joug d'une règle. C'est dommage de fréquenter une belle dame si gentille qui possède à merveille l'art subtil de la conversation pour aller aussitôt après enterrer sa féminité dans le silence d'un couvent. C'est dommage d'être belle et de se cacher, comme si on n'avait pas le droit d'être belle.

J'essaierai une hypothèse. J'imagine que Bernadette a pu avoir de sérieux problèmes de relation à sa mère, un contentieux affectif peut-être. Alors elle va dans la nature, dans les bras de la terre-mère, auprès de la divinité païenne des sources, et là elle voit que la terre dans son universalité et dans sa puissance symbolique s'est intégrée tout entière dans la personne d'une femme et que le monde païen s'est poursuivi et s'est transformé dans le visage nettement judéo-chrétien de la dame en question. Et elle se nomme, elle se présente – elle est polie. Le vrai mystère ne pose pas d'énigme à la conscience humaine, au contraire il se dévoile tel quel en son étrange et si profonde simplicité. Elle parle donc, la dame, de la conception, et comme elle s'adresse à Bernadette, j'imagine qu'elle lui parle, d'abord, de sa conception à elle, de son origine à elle ; et quand elle emploie l'adjectif « immaculée », je ne peux pas croire qu'à son tour elle déclare coupable la sexualité. Je ne crois pas qu'une si belle dame si proche de la nature s'en prenne ainsi à la nature du corps. Je ne crois pas qu'elle ait pensé une seconde que la chair soit une tache, ni que le sexe relève d'une faute quelconque. Je ne crois pas que les divinités féminines des sources aient ce genre d'idées sur la création. Ça m'étonnerait beaucoup d'elles. Je pense que par « immaculée » la dame signifie : qui n'a été perturbé en rien, qui n'a été parasité par rien et qui n'a été entaché en aucune manière. C'est-à-dire que la conception, venue des amours des parents, n'a été aucunement mêlée à une perturbation généalogique, que l'amour fut exempt de désamour, et que la vie a été donnée sans adjonction de mort qui vienne la pervertir. Elle devait parler des parents symboliques, et des *vrais* parents qui s'aiment et dont les ébats les plus charnels sont purs comme la terre et comme l'eau.

Peut-être la conception de Bernadette avait-elle été entachée de désamour ? Peut-être – qui sait ? – la dame de la source était-elle venue, comme vient souvent la mère symbolique, pour consoler la jeune fille de son histoire et lui permettre de se ressourcer dans une nouvelle origine, à partir d'un commencement plus affectif ? Et je veux bien croire que la parole et le mouvement consolateurs s'adressent, au travers de Bernadette et de sa conscience, à d'autres enfants qui eux aussi auraient besoin de consolation et pourquoi pas à tous les êtres qui sont dans le besoin affectif, les uns victimes de parents violents, ou absents, les autres victimes de religions-marâtres qui se sont substituées à l'expérience intérieure et sont venues maculer la mystique de l'amour. Mais on a étouffé Lourdes, comme on a étouffé d'autres histoires, avec du béton, parce que la pensée dogmatique et les pensées rituelles construisent toujours des temples et des cathédrales sur les lieux d'une apparition. A la subtilité ils répondent par de la lourdeur, à l'ineffable par des définitions grossières ; à la tendresse par de la violence ; et, surtout, à l'éphémère par de l'institutionnel.

Ceux qui n'ont ni vu ni entendu n'ont aucun sens du deuil. N'ayant pas été témoins de l'apparition, ils ne comprennent pas sa disparition. Ils ne voient pas qu'il n'y a plus rien à voir, qu'il faut circuler maintenant, aller ailleurs, dans la pure intériorité, parce que rester ici, vouloir encore et toujours commémorer ce qui vient de se passer, c'est tomber dans la malheureuse répétition, c'est tuer le passager au profit de l'*establishment*, et perdre le sens qui ne faisait que passer par là, mais qui ne s'établit dans aucune géographie particulière à caractère limitatif. Ceux qui ne furent témoins de rien s'érigent en gardiens du temple et s'autoproclament les passeurs. En fait, ils reconstituent de l'idolâtrie sous couvert de piété, et c'est bien le drame de toutes les grandes révolutions monothéistes fondées sur l'amour : elles se font réempoisonner de l'intérieur par les adorations archaïques qui bouchent les sources avec des temples et qui cassent la jeunesse. Le même processus est à l'œuvre du côté des « sciences » humaines, de ces discours qui se réclament scientifiques : sur des intuitions fondamentales se sont bâties des théories ineptes qui prétendent à la puissance, comme des temples laïcs ouverts à d'autres adorateurs tout aussi dociles.

Mais il est vrai que le désamour n'a pas été l'origine historique de toutes les vocations, que des êtres ont choisi des chemins « religieux » castrateurs, alors qu'ils avaient été des enfants aimés. Nous retrouvons ici la contamination idéologique et la fameuse problématique initiale d'Abraham. C'est que la pensée intellectuelle est une instance volontiers dominatrice, elle fascine l'être et a les moyens de le retourner contre son propre sentiment intérieur. Une théorie peut être extrêmement puissante, capable de convaincre quelqu'un contre son expérience la plus intime. Maîtresse des manipulations mentales, grande jongleuse au cirque de la pensée, la théorie sait *en mettre plein la vue*, et manifestement elle aime ça. Et comment ne trouverait-elle pas un champ de prédilection auprès de ceux qui viennent de vivre de l'ineffable et de l'indicible ? Comme la plus opportuniste des marchandes, elle se précipite auprès d'eux et leur vend ses traductions toutes faites et bien organisées. Parce qu'elle joue sur les formes, elle fait impression auprès de celui qui vient de ressentir en lui de l'ébranlement et qui se demande : « Et maintenant, quelle forme vais-je trouver pour inscrire dans la durée ce bouleversement intérieur ? Par quelle action vais-je le prolonger ? Et comment d'abord vais-je l'exprimer vis-à-vis de ceux qui semblent avoir du mal à me comprendre et se moquent de moi ? » Le besoin de reconnaissance est si fort que l'être sera *tenté* de troquer son cœur contre un discours. D'un côté, il a raison de chercher à socialiser l'événement le plus intime – qui d'une certaine manière le lui demande, puisque le propre de l'universel est de ne pas rester prisonnier des limites personnelles – mais il a tort de vouloir faire si vite et si fort. Il ferait mieux de se fier au temps et surtout à ses contradictions, c'est-à-dire de mettre sa certitude à l'épreuve de la complexité du réel – non pour la détruire mais pour en quelque sorte la rendre vraiment charnelle et humaine. Il ferait mieux d'abord d'accepter le deuil de ce qui s'est passé – ce que j'aime appeler « la disparition de l'apparition » ; là encore un deuil non pour constater de la mort, mais pour prendre acte de la perte-désappropriation et pour laisser la grâce – il s'agit bien de cela – irriguer de l'intérieur l'ensemble de l'existence. Et si je veille à me désapproprier de ce qui m'a soulevé l'âme, ce n'est pas pour en faire cadeau à une institution qui a le goût de la propriété et qui rachète à bon compte les petites entreprises individuelles ou familiales, avec si nécessaire leurs brevets ; ce n'est pas pour permettre un transfert de propriété comme tant de congrégations l'ont pratiqué sous couvert de vœux de pauvreté de leurs victimes, selon la grande tradition des sectes. L'institution religieuse pratique la récupération sur grande échelle et elle possède tous les discours justificatifs nécessaires pour se donner bonne conscience. L'important est d'encourager l'être à tenir bon et à ne pas *vendre*, mais plutôt à se tourner du côté des affinités électives qui forment la seule communauté *religieuse* vraiment digne de ce nom, sans organisation ni dogme ni mise en commun.

La mystique vient se casser les dents sur le mur institutionnel, comme l'émotion de l'enfant mal aimé sur la dureté des attitudes familiales. Comme l'enfant, l'expérience mystique est d'abord naïve : elle ne voit pas le *mal*, parce qu'elle ne l'imagine pas. Pourtant, l'adversaire est redoutable. C'est qu'il ne se contente pas d'être sourd et insensible, il est un processus de destruction en marche. S'il se heurte si puissamment à la véritable expérience religieuse – celle qui se déroule dans le cœur et ne cherche à s'épanouir qu'à partir du cœur – c'est parce qu'il est depuis toujours le contraire de cette expérience, c'est-à-dire non pas de l'athéisme comme on voudrait nous le faire croire pour dédramatiser le débat, mais bien de la magie. Le désamour entretient avec la mentalité magique une connivence de fond – on pourrait même dire : une connivence d'origine.

Écoutons cet autre rêve :

> Je suis dans une cave (la cave de mes parents) et j'attends je ne sais quoi. Quelqu'un frappe au portail. Le carreau est trouble, je crois que c'est une amie ; j'ouvre, c'est un ennemi. Il me

> présente son couteau et me dit : « Gare à toi, si tu ne fais pas ce que je dis », puis il disparaît par l'escalier qui monte à l'étage.
> Il y a là une petite fille que je dois emmener en haut, à l'étage. Mais il faut que je lui fasse quelque chose, ma mère est en haut. Je lui donne un coup de couteau pas trop fort et j'appelle. Puis je pars avec ma couverture. Cette même nuit (je ne sais si c'est avant, pendant ou après ce rêve), ma petite fille saute sur le lit (mon lit) puis une deuxième fois elle saute à nouveau et les deux se fondent en une seule.

La rêveuse se trouve dans la cave de ses parents, c'est-à-dire en quelque sorte dans leur inconscient. A partir de cette position qui l'affaiblit et l'empêche de discerner les enjeux – le carreau est trouble – elle laisse pénétrer dans sa psyché l'élément perturbateur de la généalogie : l'ennemi. Et cet ennemi a la manie de la mort, c'est pourquoi il présente immédiatement un couteau. Son intérêt consiste à ne pas faire directement usage de l'arme, mais à déléguer la violence afin non seulement de faire souffrir la prochaine victime, mais d'abord de s'assurer de la docilité du bourreau. L'obligation repose entièrement sur la peur que le processus inspire, comme si une pression psychologique s'exerçait à chaque génération pour que chaque fois l'adulte blesse l'enfant. On dirait que l'adulte a peur de se soustraire à cette injonction, qu'il craint de devoir l'affronter dans sa fureur et qu'il se souvient de ce qui lui en coûte de se révolter.

Nous n'avons pas ici affaire à une quelconque autorité, mais à une caricature de l'autorité, à un abus de pouvoir qui utilise *tout bonnement* les techniques de l'emprise. Il s'agit bien d'une emprise à caractère magique qui parasite et hante la lignée malade et qui maintient sa position dominatrice par la peur qu'elle inspire et l'épouvantail des représailles possibles en cas de soulèvement populaire. Rien n'est expliqué : ni la menace, ni l'ordre. La victime est laissée avec elle-même pour deviner ce qu'elle doit faire. Elle est donc confrontée à la pratique des suggestions. L'ennemi ne précise pas ce qu'il dit, il le laisse entendre, et c'est ce caractère suggéré qui rend l'obligation d'autant plus impérieuse, parce qu'elle comporte autour d'elle un halo d'incertitude où la peur peut se nourrir sans fin. Les mots sont sous-entendus dans le geste de donner le couteau et dans l'objet lui-même. L'ordre pourrait se résumer ainsi : voici de quoi tuer, voici de quoi sacrifier l'enfant et de quoi l'exécuter conformément à la demande des ancêtres. Aussitôt dit, aussitôt disparue. La femme qui rêve se retrouve confrontée à elle-même et puis, tout à coup, la voici avec une petite fille. Elle éprouve alors le sentiment d'une double obligation : l'emmener à l'étage et lui faire quelque chose sans comprendre sans doute qu'il s'agit de la même obligation : sa mère n'est-elle pas à l'étage où l'ennemi était monté ? Cet ennemi n'est-il pas une part de l'inconscient de la mère qui s'était pour ainsi dire dissociée d'elle et qui est revenue se nicher dans son psychisme comme si de rien n'était ? Pendant le temps de la dissociation, il a parasité la psyché de la rêveuse et lui a suggéré de faire usage de la violence. Contre son propre enfant ? Contre elle-même ?

Elle est alors partagée entre l'obéissance à quelque chose qui la dépasse et l'envie personnelle de protéger l'enfant ; d'où cette position de compromis : donner un coup de couteau, mais pas trop fort – position où l'on retrouve cette fameuse retenue que nous avions vue déjà dans certains rêves où le processus de symbolisation se mettait au travail. La personne parvient à limiter la violence, mais elle n'en est pas encore au stade de la pleine libération. Il lui reste des attitudes autodestructrices qui sont pour ainsi dire télécommandées par cet ennemi qui a rejoint le plan de la mère. Telle est bien la question : la mère est encore en haut. C'est dire que le plan du symbole n'est pas encore libre du monde de la mère. Monter, c'est encore aller faire allégeance, et finalement revenir en arrière. Quand la suggestion envahit l'étage symbolique, quand le monde d'en haut est encore parasité par ce qui l'imite et par de l'autoritarisme parental, c'est bien l'emprise qui mène le jeu. Est-ce pour cela que la rêveuse a besoin d'amener avec elle sa couverture, pour se protéger, comme un enfant pourrait avoir besoin de le faire en pareilles circonstances ?

Nous avions vu que la violence pouvait s'exercer de mille manières. Nous avions insisté sur les mots négatifs qui peuvent être proférés contre l'âme enfantine. Nous ne saurions trop insister sur le caractère de suggestion de ces paroles qui représentent un véritable programme d'assassinat. C'est ce que j'appelle la magie ordinaire, l'emprise dans sa version quotidienne. Une mère disait à sa fille qui avait un handicap physique : « Toi, tu n'auras jamais d'enfant. Et si tu en as, ils mourront. » Cette mère est une diseuse de mauvaise aventure, elle pratique de la divination désastreuse – la divination, c'est toujours désastreux – pour affaiblir la psyché de sa fille et blesser la conscience de sa liberté personnelle. En fait, elle jette un sort – un sort on ne peut plus familial, on ne peut plus normalisé, un sort quand même, avec la méchanceté nécessaire, le futur utilisé dans sa version définitive et l'adverbe « jamais » pour couronner le travail de la fatalité. Eh oui, le voici de retour, ce vieux fatalisme morbide – et le voici qui s'annonce pour ce qu'il est : la haine de l'enfant et de l'enfance, le besoin de briser l'élan généalogique, la violence délibérée contre l'arbre du lignage. Et la parole semble dire : « Tu n'y peux rien, ça ne dépend pas de toi, c'est plus fort que toi. Quoi que tu fasses, tu ne pourras échapper à la malédiction. »

Il s'agit bien de ça. Et peut-être faut-il voir ici le non-dit de toute malédiction. C'est le système de mort en cascade dans une généalogie qui est le vecteur des malédictions et qui leur donne ce caractère redoutable. La suggestion prend appui sur les liens du sang, la mort se coule au lieu même de perpétuation de la chair, comme si elle cherchait à se mettre à la source du vivant pour le pervertir. La malédiction est bien un détournement d'origine, c'est pourquoi elle retentit avec tant de puissance dans l'incarnation. Elle est si puissante que, si l'être ne la combat pas et ne l'évacue pas, il la laisse opérer en lui, il la regarde précisément comme étant inéluctable et, à la limite, il va lui donner un coup de main pour lui permettre de faire son malheur, comme s'il lui fallait vérifier qu'il n'avait aucune chance de s'en *sortir*. La malédiction est encore – ici, la parole est claire – la mort dite sur l'enfant, comme si le processus voulait s'assurer de sa pérennité au cas où la généalogie se poursuivrait quand même extérieurement. Non content de démoraliser la première génération, il faut s'en prendre, d'ores et déjà, à la seconde, il faut tuer l'avenir dans l'œuf et ne permettre aucune espérance.

Au chapitre des phrases morbides proférées à l'adresse des enfants, en voici encore une qui occasionnait régulièrement de la souffrance dans une autre famille, quand le père disait : « J'aurais mieux fait d'élever des cochons plutôt que des enfants, au moins ça rapporte. » On imagine aussitôt le discours des tenants de la dédramatisation : « Mais il ne faut pas prendre ces choses-là au pied de la lettre, ce père ne voulait pas dire ça, ses mots ont dépassé sa pensée, on ne peut pas toujours mesurer ce qu'on dit ; il faut comprendre, il y a la fatigue, des emportements, des situations un peu malheureuses qu'au fond personne ne veut ; et puis il faut voir ce que les enfants avaient fait pour mettre cet homme à bout, ils ne doivent pas être tout blancs non plus ; un parent, ça ne se met pas en colère tout seul ; ils ont dû l'acculer, le provoquer peut-être ; enfin, que voulez-vous, il faut faire la part des choses, personne n'est parfait, à quoi bon jeter la pierre ? Plus tard, eux aussi comprendront ; une famille c'est complexe, et puis tout est relatif ; d'ailleurs est-ce que c'est bien ce qu'il disait cet homme ? Les enfants racontent tant de choses ; non mais même quand ils croient ne pas se tromper ; mais vous savez la mémoire... Allez savoir au fond ce qui s'est passé vraiment ; c'est comme pour certaines affaires, on ne saura jamais – allez, je vous quitte, et bonjour aux enfants ! »

Je serai au contraire partisan de consacrer du temps à cette parole afin d'accepter d'entendre ce qu'elle dit, non pour se repaître de ce qui est désolant, mais pour l'analyser et s'en protéger. D'abord, les mots sont bien tournés contre le principe généalogique, la filiation en tant que telle est attaquée – dévalorisée, humiliée. Les mots cherchent pour ainsi dire à désacraliser le lignage, comme si le père franchissait une limite qui équivaut pratiquement à un tabou. Et aussitôt le tabou franchi, une autre limite est dépassée : la frontière entre l'humain et l'animal. Si nous avons vu souvent dans les récits que l'animal sait être secourable, si nous avons pu voir la force symbolique de certains d'entre eux – à commencer bien sûr par l'agneau –, nous devons à l'inverse constater qu'ici l'animal est utilisé pour abaisser l'image humaine et humilier le visage et le corps. Les associations qui accompagnent d'ordinaire le cochon – même si elles sont totalement injustes vis-à-vis de l'animal – devaient être une occasion de douleur pour les enfants.

Il y a deux autres significations à préciser : le cochon peut encore représenter l'inconscience, cette part aveugle de la psyché du père qu'il s'empresse de projeter en violence sur ses enfants. D'autre part, ce qu'un élevage peut rapporter est à relier à l'utilisation de l'enfant comme serviteur. L'homme déplore de ne pouvoir imposer à ses enfants la soumission nécessaire pour en faire de parfaits esclaves, dont il pourrait tirer un profit à bon compte – il ne le peut pas et il enrage, lui qui l'aurait souhaité et qui semble se considérer moins comme un père que comme un propriétaire ou un maître.

Nous allons nous éloigner encore un peu plus des animaux secourables pour descendre dans les zones obscures de la barbarie, où l'animal sert à l'abaissement de la représentation de l'humain. Là, nous sommes bien en pleine magie, mais elle a cessé d'être ordinaire, elle met bas le masque et se révèle dans sa version dure de sorcellerie. Considérons ce passage d'un rêve éveillé :

> Une dame qui passe dans les rues pour dire que c'est l'heure d'aller se coucher
> un homme qui se faufile dans le noir
> il va assister à une messe noire
> il y a un enfant qui hurle sur la table de l'autel
> il vient d'égorger un coq au-dessus de lui
> le sang fait comme un ruisseau ça emporte l'enfant
> toujours cet homme noir
> et toujours les cris de l'enfant
> on est en train de laver une femme dans un baquet
> une femme c'est une truie
> ils font une transfusion de la truie à l'homme.

Ça commence par le couvre-feu de la conscience. A la faveur de cette obscurité de l'âme, la violence cachée se déchaîne et se montre pour ce qu'elle est. Une violence systématique à l'égard d'un enfant est bien un sacrifice, et ce sacrifice équivaut à une messe noire, et il y a eu, dans l'histoire de la chrétienté, des messes noires où très concrètement et très sauvagement on a immolé de jeunes enfants. Les enfants martyrs d'aujourd'hui sont les successeurs des victimes de ces pratiques ténébreuses ; et si ces pratiques viennent d'une époque lointaine, il est à craindre qu'elle ne soit pas entièrement révolue. Dans la mesure où la messe est un haut lieu de symbolisation, une extraordinaire tentative pour mettre un terme au sacrifice humain et se détourner une fois pour toutes du sang, on comprend que la messe noire n'est rien d'autre qu'un retour en arrière jusqu'aux pratiques sacrificielles les plus archaïques. Elle n'est pas une simple caricature de la cérémonie religieuse, elle est un rappel des enjeux historiques, des coutumes qui avaient précédé les efforts de libération des mouvements monothéistes, comme si elle ouvrait une querelle de légitimité au nom du principe du premier occupant. Elle peut encore être comprise comme le retour du refoulé, dans la mesure où les êtres qui participent ordinairement à la messe, même s'ils participent bien à une cérémonie en soi libératrice, peuvent, au fond d'eux-mêmes, rester dans un état psychique proche de la violence et des systèmes de destruction. Alors tout est à nouveau mélangé. Le symbole se retrouve manipulé par des puissances qui le haïssent, et la gestuelle de la substitution retourne obscurément dans le matérialisme de la cruauté à l'égard de l'enfant. En fait, nous sommes toujours sur la corde raide. Si nous ne continuons pas de progresser dans les voies de la substitution symbolique, si nous n'approfondissons pas toujours davantage les chemins de l'intériorité, nous risquons de retomber dans le double gouffre de la violence et de l'idolâtrie, même et y compris quand nous participons à une cérémonie apparemment évoluée. Le regard extérieur est incapable de saisir cette différence, seul l'œil du cœur peut distinguer la vie et les faux-semblants.

Dans le rêve, le coq n'est pas un animal de substitution, il représente plutôt les prémisses de l'horreur. Son sang n'est pas chargé de figurer ni de remplacer le sang humain, mais au contraire il emporte l'enfant. Tout est mis en œuvre pour faire régresser la conscience et la représentation de l'humain. Une fois l'enfant immolé, la femme est associée à la truie, comme si l'on soulignait que la maternité était tout entière retombée dans de l'inconscience, dans de l'infra-humain, et, à partir de là, l'homme et la paternité subissent ce parasitage du non-être. On s'attaque d'abord à l'enfant. Si l'opération se révèle efficace, c'est-à-dire si la psyché enfantine est en passe de se laisser détruire, alors homme et femme peuvent se retourner ensemble contre la paternité de l'un, contre la maternité de l'autre, comme s'ils recherchaient la perte de leur propre humanité. Ce qui est sûr, c'est que là où l'enfant est blessé, là où il est meurtri, c'est l'humanité entière qui est menacée à sa racine et dans ses fondements.

Nous allons rester sur ce thème de la représentation ambiguë, où l'on ne sait pas de quel côté l'existence va basculer, avec ce rêve bref et intense comme un cri d'alarme :

> Ma belle-mère fait un signe de croix sur le front de mon petit garçon. Quand elle enlève la main, je vois qu'il saigne.

Que le signe laisse du sang, voilà bien une étonnante contradiction, puisque le propre du signe est de représenter, de figurer, et non de pratiquer concrètement. Le propre du signe est de rester à distance du corps, de ne pas le toucher, mais pour ainsi dire de l'émouvoir, comme s'il s'agissait justement d'ouvrir la psyché sans ouvrir le corps, d'éveiller le cœur sans blesser d'aucune manière la peau ni les organes. Le signe de croix marque un travail de sublimation, un effort pour dépasser le premier degré physique du réel. Il est mémoire sans doute, mais non répétition. En tant que signe, il s'inscrit dans l'univers global du langage, il est donc en principe à l'opposé de la trace matérielle. Il est écriture et non empreinte ; il est un libre discours autour du réel et non un dogme qui s'impose douloureusement à ce réel ; il est l'univers d'un possible qui se déploie autour de l'expérience, et non le joug d'une série d'obligations, à commencer par celle qui consiste à ne pas vivre. Le signe de croix est fait ici à l'envers de son sens, mais le contresens en utilise la bonne renommée, la réputation spirituelle pour s'exercer quasi ouvertement, alors qu'en fait il marque ici la régression dans les tendances sacrificielles. Il n'évite pas le sang, puisqu'il le fait couler. Il ne protège pas le front ni la conscience de l'enfant, puisqu'il le blesse. Il est le contresens qui revient caché sous la figure du sens : où nous retrouvons le loup et sa patte blanche sous couvert de piété et de justifications éducatives. Le signe de croix n'est-il pas utilisé comme protection ? Et n'est-ce pas l'attaque idéale, celle qui se présente comme un bouclier qu'on propose à l'autre pour, dit-on, son bien ? Très concrètement, le rêve vient mettre en garde la mère de l'enfant contre la grand-mère paternelle. Il signifie que cette femme est dangereuse pour son petit-fils, qu'elle est capable d'utiliser des discours et des pratiques religieuses pour exercer une violence inavouée ; qu'il y a en elle quelque chose qui est plus fort qu'elle et qui veut du mal à l'enfant, qui cherche à le faire souffrir, à lui insuffler du morbide dans la tête pour l'affaiblir et pour qu'il se blesse après lui-même. Nous voyons encore, et de façon flagrante, l'ambiguïté de l'image de la croix. Un symbole peut servir à tout et à son contraire. Insistons sur cette idée qu'ici encore filiation et sacrifice sont des thèmes reliés l'un à l'autre ; c'est pourquoi il nous faut procéder attentivement à leur radicale séparation.

Ce sont les mêmes, ceux qui veulent blesser l'enfant et ceux qui ne supportent pas l'écoulement naturel du sang ; ceux qui font souffrir et ceux qui ne supportent pas la fécondité – ceux qui s'en prennent à la descendance et ceux qui en veulent à la maternité. Il y a dans certaines familles une violence psychologique tournée contre les règles et c'est alors une emprise qui s'exerce à partir d'un inconscient masculin perturbé, comme on le voit dans ce nouveau récit onirique :

Je vois une rivière de sang
dans un paysage pluvieux
et la rivière est bordée d'arbres
elle descend je vois bien la pente
ça m'évoque les règles
et je vois des lavandières
sur un des côtés de la rivière
je les vois laver du linge mais
je les vois en fait taper le linge
c'est un petit peu violent

elles sont habillées en blanc et le linge est blanc aussi
elles essaient d'enlever le sang du linge
mais il y a des gouttes de sang qui tombent toujours sur le linge
ça m'évoque une génération de femmes qui essaient d'enlever le sang
de faire disparaître le sang
mais je sens que ce n'est pas elles qui le désirent
ce n'est pas leur volonté
c'est la volonté d'un homme
de l'homme
je vois un homme derrière elles avec un bâton
un vieil homme
cet homme a posé aux femmes l'interdit d'être femme
c'est comme s'il les condamnait à s'effacer en tant que femmes
c'est quelque chose qui me semble inscrit
c'est comme ça
je vois un bébé sur le linge là
ce bébé est séparé de l'homme par les femmes
qui forment un barrage
cet enfant est l'enjeu du pouvoir entre homme et femme
mais personne ne le protège je crois
je vois les femmes d'un côté l'homme de l'autre
je ressens beaucoup de dureté chez ces femmes et chez l'homme.

Ces femmes qui essaient d'enlever le sang se retournent contre leur propre féminité. Elles considèrent le sang à propos du linge à laver, parce que pour elles le sang est encore associé à une tache, et leur sexualité au monde vague et ténébreux de la faute. On retrouve souvent cette obsession de l'impur chez des personnes qui ont été blessées dans leur corps. Elles ont tendance à se laver au-delà du nécessaire et à faire subir à leurs enfants une véritable maniaquerie hygiénique. En fait, ce qu'il y a parfois derrière ces comportements, c'est une ancienne agression sexuelle, éventuellement incestueuse. Quand on se vit impur, on a beau se laver et se laver, on a beau se rendre propre, on n'en finit pas d'essayer d'obtenir le pur – parce qu'à tort on reporte contre soi le sentiment d'indignité qui devrait être réservé au coupable de l'agression. A partir de là, toute une lignée peut devenir malade, de mère en fille, et peut vivre mal ses désirs en les culpabilisant et en exprimant de l'agressivité contre les jeunes filles lors de leurs premières règles. Les lavandières semblent donc symboliser une généalogie de femmes qui n'arrivent pas à vivre leur féminité et qui répercutent de la violence à la génération d'après ; mais en fait ces femmes sont sous emprise, il y a comme un pouvoir magique qui s'exerce dans leur inconscient, une position dominatrice et totalitaire d'un vieil homme avec son bâton – le vieux problème masculin qui date pour ainsi dire de la nuit des temps, l'homme qui fait usage de sa force phallique non pour aimer, mais pour commander ; l'homme qui ne comprend rien à l'amour et qui ne se situe que dans des rapports de force. Ce vieil homme interdit aux femmes d'être femmes, il ne supporte ni leurs règles, ni leur fécondité. Il représente cette mentalité masculine archaïque qui projette le mal sur le corps féminin. Est-ce parce qu'il est en lutte avec ses propres pulsions ? Est-ce encore parce que dans sa mémoire il serait passé à l'acte au cours d'une agression ? D'une agression incestueuse peut-être ? Ce genre d'extrême contradiction n'est pas rare : un père incestueux peut être maniaque en ce qui concerne le rangement des couverts ou le repassage du linge. Il arrive que plus on transgresse la loi et plus on s'attache à des règles de détail. C'est parfois le même homme, celui qui culpabilise le corps de la femme et celui qui l'agresse. On peut être violeur et moraliste, surtout dans le privé. Les généalogies cachent tant de secrets de famille et de si profondes lois du silence.

En attendant, tout cela opère comme un blocage dans l'image onirique. Ça n'avance pas, c'est de la répétition sans fin. La lignée est victime d'un enchantement, et l'enfant se retrouve en position d'un enjeu de pouvoir. Lui qui devait recevoir comme une force et comme un encouragement l'union amoureuse entre homme et femme devient le lieu de projection de leur contentieux. Il n'est pas protégé, et des comptes se règlent par-dessus sa tête. Certains enfants assistent ainsi douloureusement à cette vieille guerre des sexes dont ils sont les premières victimes, comme si la rivalité et les jeux de pouvoir entre les parents se projetaient en scission malheureuse à l'intérieur de la psyché enfantine.

Si le sang constitue parfois un enjeu entre homme et femme, il peut l'être aussi, et de façon encore plus redoutable, entre la mère et son enfant. C'est *à cause* du placenta. Quand un enfant naît dans le désamour, on lui reproche, *via* le placenta qui accompagne sa naissance, de voler le sang. Il est accusé de mille maux, et en particulier de prendre l'énergie profonde et de s'emparer de la substance même de l'être. On le regarde comme un voleur et comme un amateur de sang. Bien des parents qui souscrivent à la mentalité magique marquent une défiance redoutable à l'égard du nouveau-né, comme s'ils le considéraient effectivement comme un dangereux vampire, un porteur de mal et un oiseau de mauvais augure. En fait, ils projettent sur lui leur violence et l'état archaïque de leur psyché. Ils lui font porter leur propre haine de l'enfance, et lui se trouve démuni face à cela. Le cercle s'accomplit et se boucle : il faut faire rendre gorge au voleur, il faut récupérer le sang, il faut lui prendre son énergie, puiser en lui la force qu'il a dû subtiliser, l'épuiser et le désoler et le décourager jusqu'à ce qu'il lâche prise – c'est-à-dire jusqu'à ce qu'il meure. Voilà comment le désamour *fabrique* un enfant martyr. Quand l'aveu est total, il peut même y avoir, réellement et concrètement, pratique de sorcellerie. N'oublions pas qu'avant de paraître « gratuite » – folle et terrible, mais insensée – la torture pouvait avoir un caractère rituel. N'oublions pas que la torture vient en droite ligne des cultes idolâtres, que les religions monothéistes se sont d'abord constituées contre elle, qu'elles ont malheureusement trop souvent permis, en leur sein, des régressions barbares qui alors les disqualifiaient. Une société qui prendrait ces questions à la légère risquerait de se réveiller dans des lendemains brutaux. Les liens du sang restent menacés par des pratiques sanguinaires, même si, aujourd'hui, le sang *se civilise* et demeure une souffrance qui échappe au visible – comme ce qu'on appelle le chagrin.

Difficile délivrance

Nous avons vu comment le passage au symbole se fait *naturellement* dans la psyché. Mais nous avons vu aussi les mécanismes de l'emprise, et c'est toujours commettre une grave erreur que de les minimiser. L'expérience intérieure aurait donc tort de chanter victoire trop vite sous prétexte de grands rêves fondateurs ou d'émouvantes découvertes mystiques. Être et néant poursuivent leur combat dans la durée, et, comme le rien a su depuis longtemps se traduire en actes, en paroles et en gestes, l'être ferait bien d'en prendre de la graine et de ne pas se réfugier dans une pure intériorité. Sinon, il abandonne le réel et le monde aux forces de mort, sous couvert d'une non-intervention philosophique qui n'est rien d'autre qu'un déguisement compliqué de la peur. Il s'agit de poursuivre le combat au-dedans sans se reposer sur les premières évolutions et, au même moment, de traduire ce combat en positions et comportements concrets à l'extérieur. Il s'agit d'affronter certaines questions et, surtout, certaines personnes – ou bien, tant que cela semble impossible, il s'agit d'avoir la sagesse de fuir pour se soustraire aux processus de destruction. L'attitude à proscrire dans tous les cas, c'est de rester dans la position de victime, que ce soit à un niveau purement intérieur ou dans certaines relations précises qui maintiennent enfermement et souffrance. Évoquant notamment un travail analytique qu'elle avait suivi, une personne m'a raconté ce rêve :

> Je suis dans le couloir de la pension. Au bout du couloir, mon thérapeute, sa femme et ses enfants. Je les rejoins et puis redescends. Je vois une biche dont les pattes arrière sont attachées l'une à l'autre. Elle se déplace quand même. Je la rejoins et aussitôt ses pattes sont détachées. Je la vois alors la tête posée sur une pierre. Elle se transforme en femme blonde et j'ai l'impression que c'est moi. Mon père apparaît au-dessus d'elle en brandissant un couteau. Je lui hurle de s'enfuir. Elle reste passive. Je me réveille du cauchemar au moment où mon père abat le couteau sur sa nuque.

Nous retrouvons les thèmes maintenant familiers du processus sacrificiel, à commencer par la mémoire de la souffrance enfantine. La personne qui a fait ce rêve se souvient d'avoir été mise en pension, vers l'âge de 11 ans, alors qu'il y avait un collège à trois kilomètres de chez elle. Elle n'avait pas été mise *en pension*, mais plutôt *en abandon*, et c'est sans doute pourquoi la dynamique du transfert place le thérapeute *en famille* au bout du couloir de l'ancien lieu d'exil. La famille symbolique vient lutter dans l'inconscient contre les souffrances de l'ancienne famille éclatée et de l'enfance exclue sous couvert de scolarité ou de religion ou des deux à la fois. Rejoindre ces personnes ensemble, c'est bien *monter* au plan du symbole et s'y ressourcer ; et redescendre, c'est dès lors affronter la vieille souffrance historique. La rêveuse se voit d'abord sous les traits d'une biche dont les pattes arrière sont attachées. Dès l'instant qu'elle rejoint cette biche, qui est une part d'elle-même, les pattes sont détachées, comme si le fait de se re-solidariser avec celle qu'elle avait été suffisait à opérer une libération et assurait la possibilité d'aller de l'avant. Mais la suite du rêve semble contredire cette première avancée. Le plus important tient à ce que la position évidente de sacrifice s'accompagne d'un retour en arrière en ce qui concerne le processus de substitution : la biche ne vient pas au secours de la jeune fille, c'est au contraire la jeune fille qui se révèle en remplaçant l'animal. Nous sommes donc bien face à une scène de régression négative, où le travail du symbole semble avoir échoué. Le sacrificateur peut désormais jeter bas le masque et apparaître pour ce qu'il fut : un sacrificateur familial en la personne du père. Pourtant, selon la mémoire de la rêveuse, son père n'avait rien d'un violent, il était au contraire passif, tandis que son épouse prenait les décisions – comme celle de mettre les enfants à l'écart. Mais nous avons vu comment quelqu'un pouvait héberger en lui un phénomène généalogique destructeur, un mécanisme plus puissant que sa propre conscience. Peut-être le père, derrière ou *dans* sa parenté, cachait-il une soumission à une emprise qui visait l'anéantissement de l'enfant. Un père peut être passif tandis que la lignée paternelle continue d'être destructrice dans son inconscient. Or, c'est justement la passivité qui est ici en cause, pour cette jeune fille « lâchée » par la biche : elle reste dans la position de la victime, malgré les hurlements de la nouvelle conscience qui lui crie le chemin salutaire de la fuite. Il y a désormais une scission dans la psyché : entre la part de l'être qui de toutes ses forces désire vivre et cette part soumise qui semble s'offrir volontairement à la mort sacrificielle. Ainsi se maintient la puissance de l'aliénation, qui est capable de continuer et de reproduire longtemps d'anciens comportements autodestructeurs. Pour les endiguer, il ne suffit pas de prendre conscience, il faut encore agir et, en l'occurrence, se poser la question : « De quelle manière suis-je encore aujourd'hui dans la position de victime ? En quoi est-ce que je laisse autrui lever le couteau sur moi ? Dans quelles circonstances ma parenté me met-elle en danger de mort psychique ? » Et ces questions devront trouver des implications concrètes. Il faudra agir et, surtout, réagir. Il faut se relever, affronter celui qui a fait violence et, par lui, ceux qui font violence encore aujourd'hui ; il faut se redresser, fuir d'abord s'il n'y a pas moyen de faire autrement, et puis après, dès qu'on en a la force, aller à la confrontation –

en disant ce qui est à dire, en dénonçant les violences anciennes et contemporaines, en dressant un récapitulatif accusateur à l'égard de ceux qui font et qui ont fait souffrir. Sinon, on reste dans une intériorité devenue piège et on a beau délier les pattes de la biche, ça n'empêche pas de rester la tête posée sur la pierre du sacrifice.

Cela n'est pas sans conséquence pour le travail analytique : prétendre résoudre les questions exclusivement à l'intérieur du transfert relève d'une catastrophe, très proche des anciennes résignations pseudo-religieuses. Si quelqu'un a souffert des comportements de son parent à son égard, ce n'est pas à l'intérieur du transfert qu'il convient de s'affronter à l'ancienne violence. Le transfert aide à faire remonter « les choses » au plan de la conscience, mais s'en tenir à ce plan symbolique c'est fuir l'autre moitié du réel et c'est oublier un peu vite qu'il n'y a pas de libération tant qu'il n'y a pas commencement de justice ni victoire sur l'ancienne peur. Si quelqu'un a souffert de son parent, qu'il le lui dise, en rappelant, sur le ton de l'historien, les faits qui l'avaient rendu malheureux – et si le parent ne prend pas conscience à son tour, s'il ne regrette pas, s'il ne s'excuse pas et, pire, s'il persiste dans une attitude moralement violente, alors la seule manière de ne pas laisser sa tête sur le billot, c'est de le quitter une fois pour toutes, lui et sa généalogie malade, ne serait-ce que par égard pour l'enfant qu'on a été. Je parle ici des victimes du désamour, c'est-à-dire des personnes les plus exposées aux mécanismes de l'aliénation. Mais si l'instance thérapeutique dit au « patient » qu'il est inutile de s'en prendre à son parent, que tout cela est passé maintenant et que le temps est venu de comprendre, qu'il n'a qu'à exprimer son agressivité pendant les séances, puisque le transfert c'est fait pour ça – alors tout s'inverse, le lieu symbolique devient, comme nous l'avons vu souvent, un lieu de répétition de la première violence et, finalement, de continuation de la souffrance. A ce jeu-là, effectivement, les choses peuvent durer longtemps et même tout le temps. Et cela repose sur la négation du malheur objectif que certains enfants ont vécu.

Dira-t-on à l'esclave de se résigner et aux peuples opprimés de bien vouloir ne pas déranger leurs dictateurs ? Mélangera-t-on toujours l'agresseur et l'agressé, le bourreau et sa victime ? La psychanalyse aurait-elle perdu le sens de la justice et des préoccupations politiques ? Elle devrait pourtant savoir qu'elle n'a pu exister que grâce à l'état de droit et que, quand le droit est bafoué comme il l'a été dans les sociétés totalitaires, sa pratique est interdite. Puisque la psychanalyse n'est possible que lorsqu'un minimum de justice a prévalu dans une société, elle ne devrait se montrer ni oublieuse ni ingrate en considérant comme secondaires les exigences de justice dans les relations privées. Si nous revenons au rêve, nous voyons la difficulté et la contradiction : même si quelqu'un a pris conscience et même s'il a commencé son chemin de libération, il est crucial qu'il ne s'arrête pas en cours de route et qu'il aille pour ainsi dire jusqu'au bout : sinon, l'emprise reprend du poil de la bête et se remet à l'affaiblir. Un autre rêve nous montre cette ambiguïté dans la lutte, cette contradiction qui laisse finalement la personne dans les plus grands dangers.

> Une femme fait laver des éviers à des jeunes femmes, dont moi. Quand c'est fait, il faut recommencer. Je me retourne alors et dis : « Oui, madame Hitler. » Pour me punir, cette femme met ma main dans de l'acide chlorhydrique. La main s'y dissout.

Ici encore nous retrouvons des thèmes familiers : la position de service, le personnage puissant qui mène le jeu et, bien sûr, la violence. Pourtant, la scène pourrait apparaître au début comme une sorte de formation aux tâches ménagères. Mais, dès l'instant qu'il faut recommencer alors que les éviers viennent d'être lavés et qu'ils n'ont pas eu le temps d'être salis à nouveau, la rêveuse se trouve confrontée à de l'absurde. La tâche n'était pas un travail, mais une corvée pour obtenir de la soumission. Il s'agissait moins de laver des éviers que d'accomplir un rituel d'obéissance. La femme qui donne l'ordre dans le dos des servantes représente ce poids généalogique destructeur qui utilise une position d'autorité pour briser l'identité et le sens. La violence n'a pas de sens, dans la mesure où elle ne sert à rien, sinon à s'accroître elle-même. Pour l'existence, elle relève de l'absurde, au point de contraindre un geste utile à se perdre dans un comportement inutile. Quelqu'un qui passerait par là et qui ne verrait pas la femme qui donne les ordres se demanderait pourquoi les jeunes femmes recommencent à laver des éviers propres ; et se demanderait peut-être si elles ne sont pas folles. Cette personne pourrait même commander une étude sur leur psyché, sans voir que l'étude devrait se faire non sur les servantes, mais sur l'instance de domination ; non sur la victime, mais sur son bourreau ; non sur l'humain, mais sur l'inhumain. Comme l'étude procède par distinctions et séparations, si elle se porte sur la victime, elle risque d'aggraver sa souffrance en lui appliquant une grille d'analyse desséchante. L'humain étant organique, dans le corps et dans la psyché, cette grille se révélerait être un véritable processus de décomposition, qui ne serait rien d'autre qu'une nouvelle activité sacrificielle. Où l'on voit que le diagnostic ferait bien de choisir son camp, s'il ne veut pas se retrouver du côté de la violence. N'oublions jamais le poids du regard froid et destructeur dans des situations de souffrance affective. A l'inverse, l'inhumain est mécanique. C'est donc lui qu'il convient d'analyser. En le démontant, on ne blesse ni ne brise rien de vivant, puisqu'on ne fait que révéler des rouages et des engrenages. Le diagnostic a tout à gagner à se porter sur les mécanismes de destruction : la pensée de type analytique répond de façon adéquate aux montages des phénomènes d'oppression, alors qu'une pensée plus symbolique – et tout imprégnée d'empathie et de compréhension – peut s'adresser à la personne victime sans lui faire à nouveau violence.

On pourra objecter que l'instance d'oppression se trouve *dans* la psyché de la victime, et que c'est elle qui *s'oblige* à laver et relaver les éviers. Sans doute, mais cette observation n'a de sens que si l'on reconnaît, d'abord, l'origine historique de la violence. Un mécanisme d'aliénation ne se met pas en place tout seul : personne ne devient autodestructeur par soi-même. Les comportements tournés contre soi sont une répétition malheureuse – et intériorisée – d'anciennes violences tout à fait objectives qui venaient d'autrui. On ne peut s'attaquer efficacement à ces comportements que si on affronte, en même temps, les personnes ou les instances qui pratiquent l'agression. Sinon, on se retrouve dans un avatar de l'ancienne culpabilisation systématique : l'intéressée est invitée à prendre en charge totalement un problème qu'elle doit reconnaître sien. On ne dira plus que c'est de sa faute, mais que ça relève de sa responsabilité. Ses parents n'y sont pour rien, ses enseignants non plus, ses petits camarades de jadis non plus, l'État non plus – et la guerre certainement pas ! Comme chacun sait, tout enfant naît dans un monde sans violence et sans problème particulier. Donc, s'il se retrouve au bout de quelques années avec des difficultés psychologiques, cela ne peut être dû, de sa part, qu'à une mauvaise lecture du monde ! En allant encore un peu plus loin, on s'en tiendra au strict discours sur le réel, sous le prétexte philosophique que le réel est inconnaissable en tant que tel. Une personne évoque une enfance douloureuse ? On réfléchira avec elle sur son discours à propos de cette enfance, puisqu'au bout du compte tout est langage et rien que langage ! Considérons que tout cela ne relève, au fond, que de la mauvaise foi – et insistons à nouveau sur l'origine historique des souffrances, c'est-à-dire sur la mémoire d'une violence hélas *trop* réelle.

Dans le rêve, la personne se retourne : elle prend conscience, elle fait face, elle affronte. Mais sa réponse est ambiguë. Elle désigne et nomme l'oppresseur – Mme Hitler – en accusant la lignée maternelle de pratiquer une dictature. N'oublions pas que le nazisme s'est montré coupable de crimes contre l'humanité. Appeler quelqu'un par le nom d'Hitler, c'est donc l'accuser d'un crime de cette nature, à la différence qu'il s'agit ici du domaine « privé ». Mais toute notre réflexion évoque cette analogie constante entre les tentatives de destruction d'un peuple et les tentatives de destruction d'un enfant. D'un côté comme de l'autre, on reproche à l'être d'être lui, on n'a rien d'autre à lui reprocher sinon cela – sa vie, sa présence –, au point d'avouer que l'accusation repose sur la haine du vivant et sur les puissances d'anéantissement « à l'œuvre ». Mais la faiblesse de l'attitude de la rêveuse tient à ce qu'elle dit « oui ». Sans doute ce oui est-il un oui de provocation et de dérision, un oui de défi, puisqu'il s'accompagne de l'arrêt du travail. Mais c'est un oui quand même. L'humour, ni la dérision ni la provocation ne sont des attitudes suffisantes pour faire face à des systèmes destructeurs. Seuls le refus et le combat permettent la libération. Et c'est bien parce que la rêveuse ne va pas jusqu'au bout de la lutte qu'elle subit la punition – la révolte étant assimilée à une nouvelle faute.

La main est attaquée en tant que principe d'action. La geôlière détruit la main de sa victime pour l'empêcher sans doute de mettre en pratique sa nouvelle force contestataire. L'acte est visé, l'agir est empêché. Cela suppose *a contrario* que la véritable libération a besoin de la main, c'est-à-dire de la mise en forme et en pratique d'une conscience et d'une contestation. La libération ne saurait rester à l'intérieur, la transformation ne se limite pas aux grands fonds de la psyché ; elle passe par des actes concrets à poser et des positions manifestes à prendre une fois pour toutes. Quant à la dissolution de la main dans l'acide chlorhydrique, elle nous rappelle la nature de la confrontation : le néant s'en prend à l'être, les mécanismes destructeurs s'en prennent à la vie organique, la tyrannie a fait un pacte avec la magie pour essayer de briser une personne et sa capacité de se révolter.

Nous allons retrouver les attitudes de défi et de confrontation dans un autre rêve, où quelqu'un est décidé cette fois à aller jusqu'au bout, même si l'entreprise se révèle finalement beaucoup plus difficile que prévu :

> Je suis dans un endroit du côté de F. C'est là que j'habite. Là, règne en dictateur un homme qui doit venir nous voir, ma sœur et moi, car j'ai des livres interdits.
> Je me dis qu'il faudrait que je les détruise – il suffirait que je les détruise. Et puis je me dis que, finalement, je vais y aller : au lieu de faire comme tout le monde, de subir la loi du silence, il faut que je crie partout : « Monsieur Coupeau, Monsieur Coupeau !... », très fort, *pour que tout le monde m'entende*, pour que les gens ne puissent pas faire comme s'ils ne m'avaient pas entendue.
> Et, en effet, je fais cela. En partant, j'explique à un groupe de personnes que je connais qu'il suffit que tout le monde sache que j'y suis allée pour qu'« il » *ne puisse plus rien me faire*. Et je le répète plusieurs fois comme pour les convaincre – car je sens chez les gens une énorme peur qui les incite à refouler tout cela pour continuer à faire comme s'ils ne savaient pas !
> Quand je décide de « partir en guerre », j'attends qu'il fasse presque jour. Quelqu'un me dit : « Quand même, tu sais bien que c'est la nuit que ça se passe ! » Mais j'y vais, comme poussée par une force. Arrivée à un certain endroit, un homme surgit de je ne sais pas où – et c'est lui que je dois suivre. C'est un pauvre homme, une victime, mais qui est à la solde du tyran.
> Je monte dans une voiture découverte, sorte de jeep comme celle qu'utilisaient les FFI pendant la guerre. J'y vais, et partout où je passe dans la ville je crie le nom de Coupeau très fort, à la cantonade – pour que tout le monde entende – bien qu'il n'y ait personne, car les gens se cachent chez eux.
> La scène se passe dans une très vieille ville médiévale. La voiture descend une rue très pentue. Je continue à crier le nom de

> Coupeau, et je me sens pleine de force quand la jeep s'arrête tout en bas.
> Alors paraît le tortionnaire, qui sort d'une maison dont la porte est comme un trou noir. C'est un petit homme brun, avec une jambe artificielle en métal. Il vient vers moi et je le nargue. Puis il essaie de me toucher, et alors je sens mes forces vaciller. Je me rends compte tout d'un coup que ça ne va pas être facile.

Au départ, le tyran ne se voit pas, il se signale par la crainte qu'il inspire, et son royaume se confond précisément avec le territoire de la peur. Sa puissance d'intimidation est telle que, dans un premier temps, la rêveuse pense à détruire les livres interdits, comme s'il fallait autocensurer sa propre conscience, enfouir ce qu'on vient de découvrir et de comprendre, occulter ce qui pouvait dorénavant être lu et analysé. Mais F. se ravise : elle rompt avec l'ancien processus autodestructeur, elle se libère d'un ancien écrasement. Aussitôt apparaît dans son ampleur quasi scénique ou cinématographique l'étendue de la zone de silence. La « loi » du silence n'est rien d'autre que le règne de la peur – peur atavique de cette femme qui rêve, peur aussi sans doute de tout un clan face à un autoritarisme paternel que personne ne s'imaginait pouvoir affronter. Ici encore il s'agit de nommer l'adversaire, d'une part pour que la conscience ne se perde pas, d'autre part pour l'obliger à se découvrir et à se dévoiler – nommer l'emprise pour qu'elle sorte de son trou, de son antre d'inconscience, afin que le combat puisse se mener au grand jour. « M. Coupeau » – ainsi s'appelle cet homme – est une appellation étrangement ordinaire pour désigner le dictateur – à moins qu'il ne s'agisse justement d'un dictateur moderne, issu de la foule, d'un homme du peuple converti aux délires de la puissance. Son nom souligne qu'il est celui qui coupe, celui qui brise l'élan, celui qui entrave le cours vivant de l'être, celui par qui on peut se sentir « scié à la base ». Le vaincre, ce serait donc se relier à l'enthousiasme initial, à la source jadis obstruée. Encore faut-il que le combat se mène au grand jour de la conscience, puisque d'habitude c'est le non-dit qui réglemente les relations entre les êtres. Il faut que tout le monde entende la rêveuse, que tout le monde connaisse sa démarche – pour que l'*autre* ne puisse plus faire comme si de rien n'était. Rappelons cette violence spécifique qu'exerce tout système destructeur : nier les faits, dire que quelque chose de réel n'existe pas, n'a jamais existé. Comme un état totalitaire sait truquer des photographies et dissimuler des documents, un parent autocrate sait déclarer qu'il n'y a jamais eu de problème et que ses enfants n'ont pu connaître aucune souffrance *puisque* tout allait bien.

En s'aventurant le jour, alors que l'emprise préfère les ténèbres de l'inconscience du jamais dit, la rêveuse impose en partie le terrain du combat, mais en partie seulement, puisqu'elle a décidé d'aller affronter l'adversaire chez lui. Elle choisit le temps, elle lui concède le lieu. Elle se sent poussée par une force qui est la vie elle-même, le désir d'être l'emporte sur l'ancienne peur, et ce désir apparaît comme une énergie héroïque en lutte avec le monstre. Le guide surgit d'on ne sait où : c'est une victime à la solde du tyran, c'est-à-dire qu'il représente le fameux mécanisme de l'aliénation, comme s'il fallait en suivre le fil pour remonter et comprendre le cours de sa vie et retrouver l'origine historique de la souffrance. En même temps, la rêveuse s'installe dans la voiture qui symbolise la résistance à l'oppresseur : la jeep des FFI qui devrait conduire finalement à la libération.

Avant de poursuivre l'analyse du rêve, revenons sur la loi du silence, la peur de toute une population, la censure et l'autocensure. On se croirait sur les terres de la mafia et, au fond, il s'agit bien de cela : un mécanisme destructeur comparable à une organisation mafieuse, qui elle-même sans doute se fonde sur de terribles violences familiales. Le propre de la mafia consiste également à empoisonner le recours : ceux qui sont censés aider, secourir et intervenir risquent fort d'émarger à l'organisation – de même que le parent qui aurait dû aider et protéger son enfant, s'il se fait le serviteur d'une pathologie du lignage, va au contraire devenir son oppresseur quotidien, mais un oppresseur en quelque sorte insoupçonnable.

La jeep des FFI doit conduire jusqu'au tyran, et ce tyran doit bien parler du père de la rêveuse et du processus qu'il laissait le traverser. N'est-elle pas au début avec sa sœur en présence des livres interdits ? N'est-ce pas aussi sa sœur que l'homme devait venir voir en même temps qu'elle ? Seulement voilà : ce père avait concrètement fait de la résistance pendant l'Occupation. Comment un résistant aux yeux de l'histoire a-t-il pu se transformer en dictateur dans le privé ? Comment peut-on combattre l'injustice dans le monde et la pratiquer chez soi ? Comment peut-on concourir à délivrer son peuple et se montrer tyrannique avec les siens ? Voilà sans doute une étrange contradiction et voilà sans doute en partie la raison pour laquelle le père était au-dessus de tout soupçon. Mais les dés sont pipés, le jeu est brouillé et on ne sait pas qui est à la solde de qui. Le nœud est ancien, très ancien – la ville médiévale –, et le poison s'est insinué un peu partout dans les habitudes de l'existence.

Mais voici venir M. Coupeau. Il ne ressemble pas au puissant dictateur qu'on aurait attendu : c'est bien un homme ordinaire, et c'est ce qui le rend si dangereux. Signe particulier : une jambe artificielle en métal. Cela peut signifier ici qu'une part de lui est dominée par un mécanisme, que chez lui l'intégrité organique a commencé à être supplantée par un processus métallique froid et aveugle. On pourrait dire : mais c'est le signe d'une blessure ! Peut-être bien, mais la blessure n'a pas trouvé le chemin initiatique du symbole, elle a dû devenir profonde aliénation et profonde soumission à un système interne dictatorial. Le rêve dit que cet homme est un tortionnaire. Il a dû adhérer à ce qui en lui fait violence à l'autre et s'attaque à l'intégrité psychique de l'autre. Y a-t-il eu, en plus, violence physique ?

Seule la mémoire le saura. En tout cas, la menace semble venir du toucher et les forces de l'héroïne vacillent, comme si elle venait de découvrir le caractère magique de l'adversaire, et en même temps peut-être une vieille zone de traumatisme qui se réveille. La délivrance est difficile parce que le combat est périlleux et l'ennemi redoutable. N'a-t-il pas exercé, dans le passé, un pouvoir sans partage sur des petits enfants ?

Un autre rêve nous fera passer de l'ambiance de peur à l'ambiance de méchanceté. Nous n'insisterons jamais assez sur les *ambiances*, parce qu'elles correspondent à la connaissance intuitive. Avant d'interpréter un rêve, il faut toujours demander ou se demander : quelle est la tonalité dominante, quel sentiment ressort de toute cette histoire ? Sinon, la réalité principale nous échappe. Nous avons dit et redit qu'un symbole est ambigu et qu'il est au centre d'un ensemble de significations éventuellement contradictoires. Mais le sentiment intérieur – le sentiment profond – est plus clair, plus simple, et d'une certaine manière non soumis à l'ambiguïté. Il est étrange à ce propos qu'on ait tant parlé de l'ambivalence des sentiments, parce qu'au fond le sentiment est l'instance la moins ambivalente de l'être. Il est vrai que des contradictions dans l'être brouillent le sentiment, mais ce brouillage vient d'ailleurs. L'émotion profonde clarifie l'être, notamment en combattant les mécanismes parasitaires, qu'ils soient dominants ou résiduels. Peut-être ne faut-il pas s'étonner que la vie sentimentale ait été à ce point affublée et comme accusée d'ambivalence, si l'on pense toujours au fameux phénomène d'inversion : dire que le sauveur est un fauteur de trouble, c'est sans doute la meilleure manière de faire le jeu de l'oppression. C'est également soumettre le *voyageur* à une analyse sans fin, à une décomposition systématique et quasi folle de tout ce qu'il vit, comme si l'intellect voulait toujours vérifier et asseoir sa puissance au détriment de l'élan et des douces inflexions souterraines de la psyché. Alors le récit de l'existence et les beaux textes oniriques se trouvent soumis à un commentaire qui n'en est pas un, puisque, au lieu de tourner respectueusement autour d'un centre mystérieux qu'il est juste de désirer éclairer – à moins qu'il ne s'agisse plutôt de se laisser éclairer par lui –, ce commentaire arrogant se mue en méthode de découpage qui relève de la technique de la boucherie et, à partir de là, de la vieille pratique du sacrifice sanglant. La vie découpée saigne en silence dans la psyché, le rêve décortiqué sans être pour ainsi dire restitué dans son énergie première pleure de voir son sens perdu et les émotions qu'il charrie précieusement bafouées par la superbe du mental. Nous devons au contraire apprendre à interpréter sans tuer, à comprendre sans ouvrir ni faire souffrir. L'écoute intérieure nous permet précisément de *ne pas ouvrir le corps* pour savoir ce qu'il y a au-dedans. Le symbole court-circuite le sang. Il convient donc de ne pas transposer la violence au plan de l'interprétation, de ne pas la répéter en mettant le récit au supplice. Nous ne sommes pas les maîtres des questions, nous sommes des *répondants*.

Voici donc le rêve où N. se voit et se vit entourée de méchanceté :

> Je suis enceinte de six mois et demi. Une ambiance malsaine de méchanceté m'environne. Je suis entourée de personnes dont je ne distingue pas les visages. Une personne, qui est ma mère mais avec un autre visage, et qui est imprégnée de cette méchanceté, veut me faire accoucher ou plutôt me faire avorter. Il y a un personnage extraterrestre avec qui j'essaie de parler, mais il ne comprend pas ce que je dis car il a une autre conception des choses. Quelqu'un perce la poche des eaux. Un liquide blanc s'écoule puis le bébé sort très vite. Je ne ressens aucune douleur physique. Deux mains me tendent l'enfant. Je le prends dans mes bras, je le caresse, je le réconforte par des mots d'amour, je lui dis que je l'aime. Puis je l'observe. Je me demande s'il est bien formé et s'il va survivre. L'enfant se transforme progressivement, il devient mou, sa tête n'a plus de

maintien. Il me semble que son ossature disparaît. Il devient comme une poupée avec une tête en plastique et un corps en tissu. Je ne sens que de la méchanceté autour de moi. Je dois protéger l'enfant sinon je vais le perdre. Il faut le mettre en couveuse. Puis je vois ma mère et une jeune femme s'apprêter à partir à R. avec une petite fille d'environ 5 ans. Elles veulent l'emmener avec elles. La jeune femme prépare la petite fille. Elle lui met des chaussures de toile bleue trop grandes pour elle. J'arrive avant qu'il ne soit trop tard et m'interpose entre elles. Mon sac de voyage est prêt, je dois partir avec l'enfant. Je lui tire ses chaussures. Je vais l'emmener avec moi. Un homme était présent à un moment dans le rêve, mais il s'est enfermé dans une chambre.

Le rêve parle de la naissance et de l'enfance. Naissance intérieure d'abord, puis enfantement de soi-même et, à partir de là, mémoire sans doute de *l'ancienne* naissance. Place d'abord à l'ambivalence entre l'accouchement et l'avortement. Mais cette ambivalence vient de la mère de la rêveuse, et non d'elle-même. Elle souligne que cette mère s'était laissée imprégner par le désir de mort et qu'elle est prête, encore aujourd'hui, à intervenir pour que N. ne parvienne pas au bout de son chemin intérieur. La jeune femme est menacée dans le cours de sa transformation, comme elle a dû être menacée au commencement de sa vie – et comme elle risque d'avoir encore à affronter la menace le jour où elle deviendra mère à son tour.

Intervenir sur la grossesse à six mois et demi, c'est vraiment jouer avec le feu pour hâter les choses. C'est ne pas respecter le rythme du vivant, c'est précisément trop *vouloir*, c'est se situer en maître, en dominateur par rapport au cours lent du processus de maturation ; c'est surtout détourner la nature à son profit – et l'ambiance de méchanceté suggère que là encore le néant tire les ficelles. C'est lui, le vieux monstre du rien, qui cherche à briser les rythmes naturels, la lente transformation et la patience qui l'accompagne. La volonté de détruire est impatiente, tandis que l'être prend son temps : il sait que le rythme est avec lui, que le rythme est pour ainsi dire son signe et son sceau. Mais face à la menace, il arrive que l'être doive à son tour se hâter – comme nous l'avons vu pour le rêve de l'œuf de l'aigle. Il y a une course de vitesse entre la vie et la mort, et la prématurité peut alors se révéler être une mesure nécessaire de protection.

La scène centrale est une scène d'amour : la mère accueille son enfant, l'être s'accueille lui-même – et les mots de l'amour sont prononcés, ces mots que l'enfant a besoin d'entendre. Mais survient le doute, et avec le doute la fragilité. Il y a bien contradiction, mais non dans le sentiment. L'amour est clair, mais il se laisse parasiter par le doute, ce vieux poison de la généalogie malade. La lignée ancestrale ici n'encourage pas, ne protège pas ; au contraire, dans la personne de la mère, elle constitue une menace pour l'enfant comme nous l'avions vu avec le dragon du livre de l'Apocalypse. Et le doute entraîne la régression. Il y a d'abord une perte de structure, puis une perte organique : l'être reflue vers la chose et l'enfant vers la poupée, comme si la puissance magique du désir de mort parvenait à jeter l'être dans le néant. Mais tout n'est pas perdu : il est encore possible de protéger l'enfant et de le mettre en couveuse, c'est-à-dire de revenir au centre de soi-même, dans sa propre intériorité, dans son ventre à soi, dans sa maturité à soi, et de s'offrir là un nouveau temps de gestation, afin de pouvoir redevenir. Contre la dangereuse régression archaïque vers le non-être, rien de tel que la bonne régression thérapeutique au chaud de soi.

Cela a dû réussir, si on en croit la suite du rêve avec cette petite fille d'environ 5 ans. Mais la menace ne lâche pas prise ; elle s'y prend autrement. Une tentative de séparation s'opère : il s'agit d'essayer de briser le lien entre la mère et l'enfant. On retrouve la hâte et le non-respect du rythme avec les chaussures trop grandes, comme si on essayait de faire grandir la petite fille trop vite et ainsi de blesser son *enfance*. Les voleuses d'enfants ne crachent pas sur le bleu de la spiritualité ; au contraire, elles utilisent l'éducation religieuse et les discours spiritualistes pour relativiser le lien privilégié entre la petite fille et sa mère. N'est-ce pas souvent ainsi que les choses se passent ? Certaines communautés qui se sont prétendues libertaires n'ont-elles pas, au nom de leur idéologie parfois spirituelle, soumis le lien parent-enfant à la priorité de l'appartenance au groupe ? L'autorité spirituelle, qui est en fait presque toujours une autorité temporelle, entend s'imposer à des relations affectives particulières qu'elle s'ingénie à culpabiliser. En fait, elle est jalouse. L'amour qui se prétend universel est jaloux du véritable amour, ce monde mystérieux des préférences et des attachements de la chair – comme le rien est jaloux du vivant, et l'organisation de l'organique.

La vraie mère s'interpose. Au faux voyage, elle substitue l'aventure véritable. Au rapt, elle répond par l'intimité familiale. Pour l'instant, ce n'est qu'une intimité mère-enfant, parce que dans toute cette histoire l'homme est quasiment absent. Il y a bien un extraterrestre, mais il ne comprend pas ce que dit la rêveuse. Il y a bien un autre homme, mais il s'est enfermé dans une chambre. En fait, la relation au masculin est difficile parce que la jeune femme s'est longtemps trouvée enfermée dans l'inconscient de sa mère, qui elle-même avait tenu l'homme à distance. C'est une forme d'emprise particulière que de séparer la petite fille non seulement du monde paternel, mais du monde masculin dans son ensemble. Ainsi certaines mères gardent leur fille en otage en dévalorisant à ses yeux le monde des hommes, en l'utilisant comme leur confidente pour dire du mal de son père et du masculin en général. Il faudra que l'enfant devenue grande casse ce vieil enchantement, afin de s'ouvrir le double chemin de l'amour et de la maternité.

Contre les caricatures

Plus une religion s'organise et plus la *voie* est acculée à la dissidence. L'appel désormais vient du dehors, et la vocation consiste à partir ; non seulement à laisser ce monde qui est une image du vieux « moi », mais aussi et peut-être surtout à laisser cet autre monde des représentations religieuses caricaturales – monde d'autant plus éloigné du royaume du cœur qu'il prétend en être le passage obligé. Rien n'est plus loin du vrai que le faux-semblant, c'est pourquoi rien n'est plus favorable aux retrouvailles avec le sens que la rupture avec les formes. Le symbole vivant réapparaît dépouillé de ces images qui se voulaient fixes pour servir au culte des images, comme s'il jouait à se recréer sans cesse. Le symbole suit un cours de métamorphoses – qui s'engendrent plus qu'elles ne se succèdent – pour que l'être puisse poursuivre sa transformation. La pensée dogmatique prétend arrêter le fleuve des formes et ne fait ainsi que s'opposer au cours des transformations de l'être. On retrouve bien là sa violence à l'égard de la filiation : l'abstinence sexuelle et le refus d'engendrer s'arc-boutent sur l'obsession du définitif et de la forme fixe – monstrueuse crispation d'une psyché qui ne s'abandonne pas et d'un corps qui s'enferre et s'enferme. Réouvrir le chemin changeant des formes et redonner à la vérité son corps en l'immergeant dans l'eau des générations, c'est une fois de plus délivrer l'enfant avec le sens. D'un même élan on sort de la pensée dogmatique et on fonde une famille ; on sort du culte des images et de l'adoration du fixe pour entrer dans le grand jeu symbolique qui se garde bien de disjoindre fantaisie et gravité :

> Je me trouvais dans le hall d'entrée d'un monastère et voici que, du dehors, des coups violents sont donnés sur la grande porte à l'aide de statuettes de bois ou de pierre. Inquiétude, discussion : une personne quitte les lieux.
> Dans la scène qui suit, je rentre à la chapelle mais je suis déçue de voir que les religieuses qui y sont ne prient pas : elles bavardent entre elles. Je sors et, dans la lingerie près de cette chapelle, je remarque, parmi d'autres, une chemise de toile blanche très simple. Ce qui la différencie des autres, c'est sa sobriété, mais aussi la superbe pierre précieuse qui y est accrochée.
> Et pour terminer ce rêve, j'ai vu le tableau suivant : des brebis recouvertes d'un vêtement blanc fait au crochet montent vers l'autel comme pour une cérémonie de consécration.

Il faut donc sortir pour comprendre que la lingerie et la chapelle étaient inversées et que l'autel cachait l'autel – et les brebis les brebis. Les discours manipulateurs de symboles – ces bavardages – cachent le symbole vivant : et quand il apparaît, il les renverse. Pour la rêveuse qui avait laissé derrière elle une vie de congrégation, l'appel vient du dehors, puisque le dedans a été faussé par des pensées perverses, c'est-à-dire sacrificielles, sur l'intériorité. Les statuettes ne sont plus des objets de culte qu'on vénère à la manière des idolâtres, elles représentent une force dont on se sert pour vivre. On peut penser que la violence des coups sur la porte est proportionnelle à la violence de la fermeture des portes. La libération donne du recul et de la conscience. La chapelle se révèle quasiment vide et c'est la lingerie qui hérite de la dimension religieuse, selon cette véritable « loi » du déplacement qui consiste pour le sens à se dépouiller des représentations mortes et à se revêtir de la part négligée de la vie. La lingerie est un lieu pour le corps, et la chemise de toile peut tout particulièrement symboliser le corps, alors que la pierre précieuse l'illumine, c'est-à-dire que l'esprit s'attache au corps qu'il reconnaît et transfigure. La chapelle s'était privée de cette lumière parce qu'elle avait refoulé le corps – alors l'esprit *s'est sauvé* dans la lingerie pour y vivre la joie de se revêtir du corps. Ce thème est repris dans le vêtement blanc qui recouvre les brebis. C'est avec et dans leur corps que les âmes se rapprochent du centre, et ces âmes sont mères *en la personne* des brebis. Le symbole *persécuté* de l'agneau sacrificiel retrouve sa matrice et pour ainsi dire l'innocence de ses significations, lui dont la laine reste entachée de lectures destructrices et autodestructrices.

La surprise purifie le regard abîmé par l'usure. Les formes nouvelles réveillent une conscience jadis endormie par la répétition de symboles identiques, c'est-à-dire pétrifiés, voire fossilisés. Le sens ne s'oppose pas à la forme en tant que telle, mais à la forme fixe, celle que le mental et la croyance cherchent à délimiter et définir une fois pour toutes. C'est pourquoi le renouvellement de la forme assure le retour du sens, cet amant fidèle des métamorphoses. C'est bien parce que les images de l'inconscient puisent à la source qu'elles sont capables d'un infini renouvellement, d'une infatigable recréation, comme si le même ne pouvait se maintenir dans le temps qu'au prix de sa mort dans l'autre et de sa renaissance dans l'autre. Le temps demande le deuil, à commencer par celui des formes premières. La métamorphose comporte la mue, qui elle-même inclut la mort, de même que la régénérescence passe par la descente dans l'obscur et la perte du premier moi. Écoutons cet autre rêve :

> Je participe à un stage. Tout m'y étonne. On court dans les rues de la ville. L'animatrice fait arrêter le groupe près d'un pont. On se prend une mèche de cheveux. Nous sommes quinze, elle va chercher d'autres personnes ; nous sommes alors dix-sept, puis dix-neuf. Quelqu'un dit qu'elle fait cela parce qu'elle

> célèbre les noces de son fils. Une table est dressée au milieu d'une rue avec des couverts en cristal. Deux mains apparaissent et descendent du ciel. Ce sont les mains du Père et du Fils qui offrent ensemble la brioche et le champagne.

La brioche et le champagne ne sont en rien des représentations à caractère blasphématoire par rapport au pain et au vin – ni même une simple version amusante de l'eucharistie. Il s'agit d'un renouvellement du symbole en vue d'un réveil du regard et, à terme, d'une transformation de l'être. Répétons-le : le sens ultime ne se trouve pas dans le texte, mais dans l'être lui-même. Le sens n'hésite pas à prendre des libertés avec les éléments traditionnels constitutifs du discours sacré, parce qu'il ne reconnaît comme temple que le cœur. Mais la forme nouvelle ne s'abaisse pas devant n'importe quelle image de la modernité : elle oriente le sens d'une certaine manière, ici en insistant sur le plaisir. L'eucharistie cherche à sortir de l'idéologie du travail pour entrer dans une vision finalement plus libre et plus joyeuse de l'existence. Dans le même mouvement – comme nous l'avions vu tout à l'heure –, elle se déroule au-dehors : d'une part, elle rejoint l'existence au quotidien, la rue ; d'autre part, elle s'extrait et se libère des codifications traditionalistes qui ont cours dans les temples institués.

La célébration ne concerne pas seulement la mort et la résurrection – en langage psychologique, nous dirions la mort du vieux moi et les processus de renaissance – mais bien les noces du fils. Père et Fils qui avaient été en quelque sorte récupérés par la religion sacrificielle se sauvent de la morbidité en consacrant l'existence et l'amour. Ils contestent l'utilisation de la personne du Fils pour entraver la filiation et réintroduisent, *via* le plaisir promis par la brioche et le champagne, le plaisir de vivre et d'aimer dans l'*économie* du sacré.

Le plus étonnant vient de ce que cette révolution s'opère grâce à une vision on ne peut plus traditionnelle : la main divine descendue du ciel, l'invisible se rendant partiellement visible en *se manifestant*, pour attester la présence de l'esprit dans la matière. Cela souligne à quel point la psyché humaine, avec son centre qui est le cœur, nous apparaît aujourd'hui comme le lieu privilégié des véritables apparitions – celles qui transitent par le visible de l'image pour faire descendre l'invisible de l'esprit de Dieu dans cet invisible du cœur humain. Remarquons encore que les deux mains sont sur le même plan : le Fils n'est plus soumis à la volonté supérieure du Père, il est *avec* lui pour consacrer la matière qui elle-même, dorénavant, ne sera plus soumise à une quelconque orthodoxie, mais qui pourra chercher en son sein librement la voie désirée.

Le corps est bien au centre des enjeux sacrificiels, et sa libération passe résolument par le chemin symbolique. Et si, par docilité à l'égard d'une orthodoxie religieuse, le symbole s'arrête et se fige dans un rituel codé, une double violence est réintroduite : contre le corps et contre le symbole vivant lui-même. On pourrait encore dire : contre *le corps du symbole*. La rigidité de l'idole blesse le corps humain en même temps que le sens qu'elle prétend représenter. L'orthodoxie en tant que version intellectuelle de l'idolâtrie blesse donc le corps qu'elle prétend soumettre à ses règles – comme si la psychosomatique ne nous enseignait pas tous les jours que le sens n'a besoin de personne pour être présent dans la chair – et blesse du même coup le symbole qu'elle s'imagine traduire en idées fixes, quand elle ne le combat pas purement et simplement en projetant le mal sur lui.

La violence des pratiques sacrificielles s'exerce sur tous les fronts. Le dogme comporte une menace permanente pour le corps en même temps qu'il cherche à empêcher les métamorphoses du sens. Au cours d'un rêve éveillé, une femme voit :

> On coupe les cheveux à quelqu'un
> on rase son crâne
> après on le coupe à la nuque

après on le fait tomber par terre
puis je vois une cathédrale
il y a une baleine dedans
et sous la baleine il y a un drap noir
on lui coupe le dos aussi
après je vois un squelette
à la place de la baleine
je revois la baleine
il y a des grandes flèches qui traversent son corps
une petite robe blanche sur le corps de la baleine
il est couvert de sang.

De la tonsure à l'effondrement, en passant par l'entaille à la nuque, la première scène est bien, et de façon typique, une régression dans la barbarie : la tonsure n'ayant pu « tenir » comme voie de substitution symbolique – et elle ne saurait le faire que si elle accepte à son tour de se dépasser, donc de s'abolir – le rite ramène en arrière jusqu'à la destruction primitive de l'être. Cette nouvelle scène de passion – rappelons que c'est toujours au nom du « sacré » qu'on persécute le corps, ou bien l'être en tant qu'individu – laisse la place au non-dit sous-jacent : la cérémonie n'est pas une célébration, mais finalement une pratique qui s'apparente à la magie. Ce n'est pas parce qu'il y a une baleine dans la cathédrale qu'il y a magie. Il y a magie parce qu'on ne sait pas sacrifier *symboliquement* la baleine, c'est-à-dire transformer la force intérieure qu'elle représente, ou encore transmuter son énergie, et qu'on est donc amené à la tuer, à la tuer pour ainsi dire matériellement, et avec elle à tuer le corps deviné de l'enfant qui devait porter la petite robe blanche.

La cathédrale et la baleine sont deux représentations de la grande mère – la première dans sa version spirituelle élaborée, la seconde dans sa version *matérielle* primitive. Mais les servants de la cathédrale ne saisissent pas ce lien, pas plus qu'ils n'ont dû saisir le lien d'amour qui unit la mère à son enfant, ni celui qui permet à l'esprit de s'incarner dans le corps – malgré leurs discours officiels sur le principe d'incarnation. Le drap noir placé sous la baleine semble indiquer que la mort, au lieu d'être un passage, s'est constituée en base de rituel et a donc recouvert ce qui pouvait servir d'autel. Ici, l'eucharistie a échoué et la cérémonie sacrificielle reflue jusqu'à la violence majeure exercée sur l'animal. Le totem est de retour. L'intériorité se meurt dans l'os et disparaît au profit du squelette. La fascination du morbide l'emporte sur la dynamique du deuil. La figure de la grande mère est bafouée dans les attitudes pseudo-religieuses qui sont incapables de respecter le mystère de la maternité. La matière est meurtrie et dépecée, comme on le ferait d'un monstre. La masse de l'inconscient à l'état brut est blessée à mort, et cette blessure-là n'a rien d'initiatique comme certaines voies ésotériques voudraient nous le faire croire. On reconnaît la blessure initiatique au fruit qu'elle donne et à la délivrance qu'elle procure. Ici, rien de tel, puisque précisément le fruit est atteint dans la personne de l'enfant qu'on devine *derrière* la petite robe blanche. Le corps de l'enfant souffre de la souffrance infligée au corps de la mère, de même que l'enfant symbolique meurt de la torture qu'on inflige aux grands fonds de l'inconscient. Les flèches qui transpercent le corps montrent que nous assistons à un martyre, et la cathédrale penche du côté des arènes. La baleine va rejoindre le taureau dans la triste histoire de l'échec des voies symboliques. La religion qui brise la maternité de ses servantes martyrise en elles le principe originel de la grande baleine et les eaux-mères psychiques. Elle martyrise du même coup la dynamique de la filiation et l'esprit d'enfance.

Quand un rituel se risque à représenter le sacrifice et que par avance il refuse toute voie substitutive par laquelle il pourrait prochainement s'abolir, alors il peut à tout moment rechuter, régresser dans la non-symbolisation et finalement, au lieu de *représenter* le sacrifice comme il le prétend, de nouveau le pratiquer tel quel. Le rite devient l'espace de la répétition malheureuse, la religion imite le monde dont elle amplifie la violence en la légitimant – au besoin en instituant l'idéologie monstrueuse de la guerre sainte –, où l'on voit bien que la négation du symbole porte en germe le meurtre.

Les croisés prétendaient délivrer le tombeau du Christ, alors que la doctrine chrétienne n'avait cessé de dire et de proclamer toujours la résurrection, c'est-à-dire par voie de conséquence le tombeau vide. Les croisades furent donc une tentative pour s'approprier un tombeau vide de tout corps et elles organisèrent des guerres et des massacres, à commencer par celui de coreligionnaires à l'occasion du sac de Constantinople. On tue des êtres parce qu'on sacralise un lieu, on tue des vivants, parce qu'on prétend défendre une forme transitoire que le vivant avait pourtant traversée et qu'il ne semble pas avoir choisi de conserver. L'attachement à ce lieu vide de tout corps souligne une fois de plus les confusions au sujet du corps. S'il est regardé comme une chose, en retour on projettera sur la chose un semblant de vie – comme dans les pratiques magiques – et on appellera saint l'édifice construit de main humaine.

Il n'est pas si surprenant que ce soit un moine, Bernard de Clairvaux, qui ait particulièrement prêché la croisade – un moine, c'est-à-dire quelqu'un qui avait fait vœu d'abstinence et qui avait condamné son corps à une sorte de mort qui est une sorte de vide. Le tombeau vide n'était peut-être rien d'autre que la projection sur de la pierre du corps mort – mort parce qu'interdit de vivre –, du corps vide – vide parce qu'interdit de jouir et de procréer – d'un moine qui, au-delà de sa personne, représentait tout un pan d'une société malade.

N'est-ce pas ce même Bernard de Clairvaux qui a fait un commentaire purement éthéré du Cantique des Cantiques, le plus amoureux des chants de la Bible ? N'est-ce pas lui qui a tenté de *vider* le texte de son érotisme au moyen d'interprétations systématiquement spirituelles ? Ce faisant, il est en réalité sorti du symbole, c'est-à-dire du lien. Il a séparé la chair de l'esprit en ne voulant pas ou en ne pouvant pas reconnaître que si le Cantique des Cantiques parle bien sans doute de la vie de l'âme, et de sa vie la plus mystérieuse, il parle *aussi* du plaisir amoureux et du désir ardent de la chair. La boucle est bouclée : en séparant la chair de l'esprit, l'homme voue son corps au vide, puis il projette ce vide de son propre corps sur de la chose à laquelle il sacrifie des milliers de corps de vivants, après leur avoir consciencieusement lavé le cerveau. En fait, il nie la résurrection en même temps que l'érotisme, il ne comprend pas que l'amour humain le plus charnel est déjà le commencement d'une résurrection – ainsi que la venue possible d'un enfant l'atteste dans le principe de génération.

Le tintamarre de la guerre commence avec les discours idéologiques, même et surtout si ces discours proviennent d'un non-dit fondamental. Les réflexions d'ordre théologique sur la Sainte Famille n'ont de sens que si elles se relient à une analyse réaliste des problèmes de famille ; et l'on verra encore que les idéaux sacrificiels ne sont que la perpétuation – ennoblie, et donc cachée – du sacrifice des enfants organisé par le désamour. Quelqu'un a fait ce rêve :

> J'essaie de me recueillir dans une église, mais il y a du bruit. Je vais voir : ça vient d'un groupe composé d'une mère, de son enfant et d'un prêtre en soutane. Apparemment, ils ne parlent pas. Je sais que ce sont eux qui font du bruit, mais ça ne peut pas se prouver, puisqu'ils ne parlent pas.

La rêveuse ne peut se recueillir ni se ressaisir dans un silence qui équivaudrait à une sorte de temps des origines, parce que quelque chose fait du bruit, et ce quelque chose c'est son histoire en même temps que l'histoire du monde. Elle est dérangée non par la conversation enjouée d'un homme et d'une femme occupés de divertir leur enfant, non par une famille, mais par un groupe. Tout le malheur vient de ce que le prêtre en soutane a pris la position du père en s'affublant d'un titre qu'aucune voix enfantine n'aura adouci en s'écriant : « Papa ! » Cette usurpation montre que la vie affective s'est laissé supplanter par l'idéologie, et par une idéologie ancienne ou régressive, puisque le prêtre est en soutane. Dès l'instant que la mère se relie au prêtre, elle risque de délaisser sa place de *maman* au profit d'une position éducative austère que l'homme abstinent, le non-père, s'empressera de flatter pour s'approprier d'une manière ou d'une autre l'enfant. L'appropriation peut se faire soit par une domination culturelle de la religion – et de la culpabilité qui l'accompagne toujours sagement et scrupuleusement –, soit par un recrutement dans un séminaire ou dans une congrégation pour assurer une filiation qui se pare du qualificatif de spirituel, mais qui s'apparente d'abord au rapt – soit par une emprise psychologique, soit par une utilisation directement sexuelle de l'enfant.

Mais cela n'est possible que parce qu'un parent – un parent au moins – abandonne son enfant à ce monde-là et délègue une part de son autorité à ces amateurs d'autorité sur les petits garçons et les petites filles. La mère qui n'est pas transportée d'amour pour son enfant trouvera bénéfice à consacrer un prêtre comme père substitutif et à se placer elle-même comme épouse virtuelle de l'homme abstinent : d'une part elle se débarrasse – partiellement ou totalement, c'est selon – de cet enfant qui l'encombre, sous couvert d'une attitude « spirituelle » noble, d'autre part elle satisfait un besoin de relation à un homme vis-à-vis duquel, en principe, elle n'a pas à se lier sexuellement. Elle met ainsi à distance l'homme et l'enfant, quitte à s'offrir au passage un plaisir inavoué dans la compagnie impeccable de l'homme à la soutane. De son côté, lui trouvera un bénéfice similaire : se réintroduire dans la compagnie des femmes sous couvert de l'éducation religieuse des enfants, afin dans le meilleur des cas de grappiller un peu de plaisir et d'affection, et dans le pire de prendre le pouvoir au grand dam des petits enfants.

On pourrait objecter que le prêtre occupe au contraire la place du père symbolique et que c'est précisément la nécessité du symbole qui appelle sa présence. Sans doute cela devrait-il être ainsi, cela *aurait dû* être ainsi, dans la mesure où les parents les plus aimants n'empêchent pas que leur enfant ait besoin, aussi, d'une mère et d'un père symboliques, ou d'instances intérieures qui les actualisent. Mais le propre du symbole est de lier, non de délier. Le parent symbolique ne saurait donc se fonder sur un vœu d'abstinence, puisque alors il sépare la chair de l'esprit. Le meilleur père symbolique se trouve chez un vrai père – ou chez quelqu'un qui désire ou aurait désiré le devenir – qui assume d'autant mieux son rôle qu'il n'a aucune frustration paternelle à combler et qu'il peut librement et joyeusement donner sans rien attendre en retour. Surtout, il peut accepter d'être transitoire. Un parent symbolique est toujours de passage, il n'exerce aucun pouvoir qui tendrait à faire durer son rôle au-delà du strict nécessaire. Il sait qu'il n'a aucun droit et n'en revendique pas.

Le prêtre représente dans le rêve cet échec de la voie symbolique tel que nous le retrouvons souvent dans les pratiques religieuses officielles. C'est pourquoi la famille laisse la place au groupe, à un groupe dont les membres ne se parlent pas, comme s'ils n'avaient rien à se dire, ou plutôt comme s'ils étaient reliés, fondamentalement, par du non-dit. Mais ce non-dit est criant et c'est lui qui perturbe la rêveuse et l'empêche de trouver le silence et la paix. Ce non-dit est bien le problème qui parasite la psyché, de même que la violence familiale sous-jacente est le non-dit de l'idéologie religieuse. Les doctrines qui prônent le silence, la méditation et la contemplation feraient mieux d'abord de s'occuper, sur un mode analytique, de l'histoire de leurs ouailles et de leurs servants. Il ne s'agit pas de nier la valeur du silence, ni celle de la méditation, ni celle de la contemplation – bien au contraire il s'agit d'accéder à une paix véritable en la débarrassant de ses caricatures. Les images idéales projetées sur la notion de sagesse ne sont bien souvent que la répétition d'une violence enfouie, comme si l'enfant blessé continuait de dire qu'il n'a pas mal.

On pourrait compléter cette réflexion par un autre élément d'interprétation. Le prêtre en soutane pourrait représenter la part malade de la mère, l'homme intérieur en elle qui comporte la perturbation. L'enfant est privé de l'amour maternel, parce que la mère est coupée d'elle-même. Non seulement elle n'est pas effectivement reliée au monde des hommes, mais elle *couve* un dysfonctionnement, un hiatus entre des composants de sa propre psyché. C'est ce clivage qui va se projeter sur le masculin et qui va *élire* l'homme séparé de sa sexualité. Tout est scindé : la psyché de la mère, le couple, la religion. L'enfant devient l'otage de cette triple scission, quitte à ce que ce poids blesse son corps comme cela s'était passé pour la rêveuse quand elle était adolescente et que sa famille l'avait éloignée pour raison médicale.

Ambiguïté de l'initiation

A propos du non-sacrifice d'Isaac par Abraham, nous avons vu que la mise à mort pouvait être une représentation malheureuse – ou à l'envers – d'une réalité intérieure d'autant plus mal comprise qu'elle se déroule, elle, au plan du symbole. Le sacrifice serait donc un tragique contresens concernant l'intériorité et la symbolique, un contresens qui privilégierait systématiquement la mise en images et la matérialisation, alors que la dynamique du symbole consiste à s'extraire de l'image pour passer au sens, et des faits et gestes pour en saisir l'esprit. Les pratiques sacrificielles reconnaissent cependant ce mouvement d'élévation, mais ne l'envisagent qu'à partir d'un support préalable, sans voir que ce support peut à tout moment devenir la perte ou la tombe de ce qu'on cherche à exprimer. Elles partent de ce principe constant : du moment qu'il y a représentation, l'image est acceptable, tolérable, voire bonne ; du moment qu'il y a discours spirituel, le rite se justifie. Elles ne voient pas que les forces de destruction vont s'emparer de cette position dangereuse, en surchargeant de significations les moindres actes et en utilisant les interprétations pour *blanchir* une violence qui cache son jeu.

Mais si ce véritable détournement est possible, si la pratique sacrificielle peut aussi aisément, et aussi universellement, manipuler les images et leurs charges symboliques, c'est parce qu'elle joue, à la base, sur une confusion. La destruction du corps ou ses transpositions castratrices se mélangent, en fait, à une *mise à mort* réelle et sensée qui se déroule, elle, dans le domaine de l'intériorité. Il s'agit de la mise à mort du « vieux moi » – ou du vieux roi – par le noyau central de l'être qui pousse, du dedans, à une transformation radicale. La montée en puissance de l'être à l'intérieur d'une psyché auparavant limitée entraîne inévitablement une série de secousses et de bouleversements qui ressemble, à s'y méprendre, à un sacrifice. Les forces psychiques fondamentales viennent briser l'ancienne construction psychologique et, apparemment, l'identité personnelle. Mais elles ne la brisent que pour favoriser sa renaissance ou, plutôt, pour la laisser enfin naître, si l'on considère que le premier moi n'était pas *le vrai* et qu'il constituait soit une aliénation, soit une position de compromis vouée un jour ou l'autre à disparaître. C'est cette brisure de l'ancien moi qui serait donc mise en scène dans certaines coutumes et qui leur conférerait leur légitimité. Mais penser et agir dans cette direction, c'est ne pas voir que la mise à mort du vieil homme, si elle est bien une réalité, ne tire sa force et son sens que parce que, précisément, elle reste à l'intérieur. La voie symbolique n'a de sens que *chez soi* et pour ainsi dire *à la maison* – au-dedans. Transposer cette réalité au-dehors, c'est le meurtre assuré, ou l'autodestruction lente. Par mesure de précaution, on devrait aller jusqu'à ériger ce principe : plus il y a de sens en jeu, moins il faut se risquer dans une représentation ; plus l'être est au travail – ou en travail – moins il faut l'affubler d'images.

La plupart des rites croient vêtir et revêtir du sens, ils ne font que le déguiser et le travestir. Ce que nous avons appelé « l'imaginaire réel » est d'une infinie subtilité : sa traduction en images extérieures est vouée à la caricature. L'esprit se perd dans la forme qu'on prétend lui conférer, et l'idolâtrie se reconstitue à grande vitesse sous couvert d'adoration monothéiste, de même que les violences sociales les plus ordinaires s'emparent des discours religieux – ou des discours simplement psychologiques – pour se perpétuer avec un peu plus de raffinement encore. Mais si intérieurement je meurs, si quelque chose en moi me *tue* au profit de moi-même, me régénère et finalement me redonne croissance et horizon, ce n'est vraiment pas *pour* que j'aille me faire du mal sous couvert de prescriptions ritualistes ou par souci scénique de manifester ce qui se passe en moi. Nous ne le répéterons jamais assez : la seule manière de rester fidèle à ce qui se déroule à l'intérieur de l'être, c'est précisément de rester à l'intérieur. Il est à craindre – si je ne comprends pas ce principe qui relève autant du bon sens que de la mystique et si je veux représenter ma mort intérieure d'une façon quelconque ou si je laisse autrui la représenter en se comportant violemment vis-à-vis de moi – que j'arrive bien à jouer la première moitié de la pièce, mais que jamais, jamais je ne retrouve le second mouvement, alors que ce mouvement-là – la renaissance – peut seul conférer du sens à la souffrance initiale. Les partisans des coutumes et des rites sacrificiels développent un talent fou pour ce qui est de la matérialisation destructrice, mais laissent terriblement à désirer en ce qui concerne la renaissance. Le christianisme a beau crier sur les toits la résurrection, c'est la crucifixion qu'il s'est toujours représentée sur un mode obsessionnel, et c'est la mort qui s'est placée sur les murs des maisons et au-dessus des portes – la mort comme arrêtée au milieu d'un mouvement privé de sa dynamique, et cela d'abord parce que la matérialisation entraîne la fascination.

Cette confusion entre la mort intérieure et la pratique destructrice entraîne toute une série de malentendus qui augmentent l'édifice de la souffrance humaine. Il faut que j'apprenne à repérer la *bonne* mort, la mort-transformation, celle qui est toujours la première étape d'un mouvement de vie qui se prépare et prend son élan, et que je la distingue de la mort-destruction, celle qui n'aboutit à rien d'autre qu'à des impasses et à des étouffoirs, celle qui assassine la vie en la désespérant.

Il faut donc que je ne mélange pas ce qui relève du plan du symbole et ce qui n'est rien d'autre qu'une perturbation – ce que les contes ont appelé à juste titre poison, sort ou malédiction. Et nous avons vu que les sorts et les malédictions viennent en droite ligne d'une perturbation généalogique. Or les symboles eux aussi sont transmis, implicitement, par le lignage – de même que la configuration du corps. Là se tient la racine de la confusion, dans la mesure où, pour un être, l'héritage symbolique et la répercussion pathologique peuvent venir de la même origine, c'est-à-dire du même arbre. Et si la perturbation ne vient pas de l'arbre, elle vient de ce que j'ai appelé une contamination idéologique qui, elle, provient indirectement du désamour, quand les familles cruelles ont réussi à convaincre certaines familles aimantes, mais naïves, que l'expérience religieuse avait besoin du sacrifice des enfants.

A partir de là, tout se met aisément à l'envers : si quelqu'un souffre, il se dit qu'il éprouve les douleurs de l'enfantement – psychique ou mystique. S'il étouffe dans son existence, il déclare qu'il s'en est remis à une volonté supérieure. S'il a mal dans son corps, il affirme que les dieux sont en passe de le transformer. S'il lui arrive misère sur misère, il veut croire qu'on le dépouille par nécessité spirituelle. S'il perd tout ou presque, il est persuadé qu'il s'agit d'une noble désappropriation. Et inversement, s'il sent en lui l'envie de sortir de cet engrenage, il s'accuse de vouloir lâchement fuir. S'il veut tout arrêter et vivre autrement, plus simplement, c'est qu'il est coupable de se soustraire à l'épreuve. S'il n'en peut plus d'une éventuelle abstinence, c'est que les démons le tentent. S'il veut secouer le joug d'une oppression trop dure, c'est qu'il est encore désobéissant – et peut-être se dira-t-il : « comme quand j'étais petit » ? S'il n'arrive plus à s'en tenir au programme initial, c'est sans doute parce qu'il est paresseux. Il faudra donc qu'il s'en prenne encore à lui-même, qu'il s'en veuille davantage, puisqu'il n'est même pas capable d'endurer la souffrance qui a été déclarée au départ intrinsèquement bonne et absolument nécessaire. « C'est que le vieux moi est de retour, se dit-il ; il faut l'abattre une fois pour toutes, le démembrer, le crucifier, l'exterminer. » Il ne voit pas que, la plupart du temps, il prend la vie toute simple pour ce vieux moi, il persécute l'être en croyant le cultiver – perdu dans un monde fou en regard duquel le monde ordinaire semble un vrai paradis.

Il faut dire que, souvent, il est parvenu à ce type de conclusion grâce à l'enseignement de certains *maîtres* et de prétendus amis. Ce sont eux qui ont fait peser sur lui le poids de l'inversion, en partant toujours plus ou moins des vœux ou de l'obligation d'obéissance. Le maître n'est-il pas le représentant, voire l'incarnation de l'esprit ? Et obéir au maître, n'est-ce pas obéir à l'esprit ? Avec encore deux ou trois principes de la même veine, on se condamne au malheur vite fait. On laisse le pseudo-maître exercer sur soi une autorité qui relève plus d'une emprise que d'une sagesse quelconque. En fait, on court se sacrifier au premier venu, qui lui-même s'engouffre dans la brèche à cause d'une problématique de pouvoir non résolue. Et même si celui-là éveille et initie réellement au plan du symbole, ce n'est pas une raison pour lui accorder une place excessive. Bien au contraire, le véritable initiateur se reconnaît à ce qu'il n'a aucun projet particulier sur autrui. Il ne lui demande rien en retour, et surtout pas de l'adulation. Initier, c'est accepter de disparaître.

On retrouve ici les positions respectives du désamour et des parents symboliques, l'un prenant et accaparant, les autres se réjouissant d'avoir donné sans attente de la moindre contrepartie. Là où la situation se complique et se noue, c'est quand le désamour se grime en profondeur et quand la mort prend le masque de la vie. Alors le discours destructeur se prétend le maître, sous prétexte qu'il aurait eu vent d'une part de la réalité spirituelle. Il utilise cette intuition – souvent juste, mais en partie seulement – pour justifier la violence qu'il n'a pas extirpée de lui, il brandit les couleurs d'un autre monde au profit de ce qu'il y a de pire dans le nôtre et achève d'enfermer l'être dans la série des inversions. Il faut dire que lui-même, l'initiateur-faux prophète, a une histoire qui doit avoir des accointances avec le désamour. En termes analytiques, la relation de transfert est saturée par des phénomènes de pouvoir et de soumission, qui viennent sans doute de lignées familiales diversement malades. Ainsi se constituent les sectes – *toutes* les sectes – à commencer par celles que leurs spécialistes en relations publiques ont accréditées auprès du monde. N'oublions pas que les premières et les pires sectes sont *certains* clans familiaux et que ce sont ces clans qui, au bout du compte, mènent le jeu et la danse macabre sous couvert d'une diversification institutionnelle.

C'est d'autant plus dramatique qu'une véritable transmission est l'occasion d'une nouvelle filiation, et que l'enseignement aurait dû et aurait pu remettre en ordre, c'est-à-dire en amour, la généalogie. La chair repasse alors par le verbe qui à son tour engendre – selon la sacro-sainte alliance du réel et du symbolique – à condition de ne jamais chercher à briser ou affaiblir le désir humain de celui qui cherche. Et comment le respecterait-on et comment l'intéressé lui-même le respecterait-il, si l'on n'accorde pas la priorité absolue au sentiment profond tel qu'il peut être vécu dans l'intériorité de l'être ? Là se tient, non pas une vérité dogmatique, mais une racine, une source de vérité ; non pas une idéologie, mais un critère sûr et fiable. Mieux que tout discours et que tout livre, ce sentiment est capable d'opérer la distinction entre la mort-métamorphose et la mort-destruction, entre la terreur et l'horreur, entre les bouleversements nécessaires de la fécondité et l'angoisse stérile, entre la parole de vie qui tranche et sépare, et le joug des mots qui tuent en mélangeant tout, entre la mise à mort symbolique du vieux roi et le sacrifice morbide des enfants.

La symbolique du démembrement ne saurait justifier aucune violence qui se prétendrait initiatique. Un nouveau rêve pourra nous aider à le comprendre :

Nous sommes en camping au bord de la rivière ; je suis en panne sèche : les deux nourrices sont vides. La 404 est là. Je demande à quelqu'un de m'amener en voiture pour prendre de l'essence.

Je suis prisonnier, dans une salle de torture ; il y a en atelier une petite guillotine qui sert à couper en tranches les membres ; je ne veux pas regarder ; je vois partout des rondelles de doigts qui en jaillissent ; un des tortionnaires me parle de quelqu'un à qui il a ainsi coupé bras et jambes (et qui a cessé seulement à ce moment-là d'avoir un sentiment de culpabilité ? qui lui faisait accepter sa torture ?). Je m'imagine sans jambes. Je me lie avec un autre prisonnier, qui a plus d'expérience ; il y a un second tortionnaire, qu'on voit moins, mais qui est plus dangereux. Dans la pièce où il se trouve, je vois le premier méchant s'occuper d'un poste de radio ; il le répare (?) à une fraise de dentiste ; j'arrive à faire se prendre un fil dans son appareil ; le poste est détruit et je pense ou j'apprends que les prisonniers en ce lieu sont volontaires (« ne sont prisonniers ici que des volontaires ») ; je trouve la porte sur l'extérieur, elle est ouverte ; à terre : un paquet-colis qui vient du deuxième méchant, sur lequel est écrit : « alcool à brûler (ou white spirit...) ; ne pas jeter dans un lavabo ». J'hésite à sortir ; j'y vais seul. Je suis sur la route qui longe la rivière à C. ; j'ai peur d'être poursuivi ; je fais du stop pour aller plus vite jusqu'au pont ; une 203 noire s'arrête ; j'y monte ; elle me conduit un peu trop loin ; toujours avec la peur d'être rattrapé, je redescends vers la rivière dans l'intention de traverser et d'aller jusqu'à P. ; j'entre dans un couloir près du pont ; il y a des bureaux ; une femme que je ne connais pas, d'âge mûr, m'aide à trouver mon chemin ; voilà trouvé le souterrain qui passe sous la rivière ; quelques gouttes tombent du plafond ; nous retrouvons la lumière ; j'hésite à sortir ; je me crois en contrebas du quai de l'autre côté ; nous sortons.

Le paysage est inattendu. Elle me dit : « Nous devons être à (j'ai oublié) près de C. » Je sais que ce n'est pas ça. Cela ressemble à la montagne de Montserrat ; la première chose que je

> vois, ce sont des habitations troglodytiques. Il y a là pas mal de gens, sorte de secte religieuse sans fanatisme de type « hippie/écolo ». Il y a des familles, des enfants. Leurs bandeaux sur le front sont « semblables » à ceux des Indiens. Ils sont accueillants.

Pour bien comprendre les tenants et les aboutissants de la salle de torture, il faut d'abord la comparer au passage souterrain qui permet d'aller de l'autre côté de la rivière. L'initiation véritable se fait grâce à la femme d'âge mûr, et elle consiste bien à découvrir l'autre rive, cet autre monde qui est promesse d'une nouvelle vie – à condition de pouvoir descendre dans l'obscurité de l'inconscient et de s'y laisser guider en confiance. Cela suppose qu'une révolte préalable ait permis au chercheur de se défaire d'une ancienne position de soumission et d'un vieux sentiment de culpabilité qui le livraient à des dominations de toutes sortes. Ces dominations avaient pu être récupérées et amplifiées par des idéologies spirituelles – remarquons le danger finalement dévoilé du white spirit – qui cassent et castrent ceux qui ont le grand tort de faire usage de leur liberté pour s'aliéner davantage. Le poste de radio et le fil ont les moyens de véhiculer un discours justificatif. Dès l'instant qu'on brise ce discours en commençant par dénoncer ses contradictions internes, on sauve son corps et on se sauve par la même occasion. Il suffit de se révolter pour que la porte s'ouvre. L'initiation se renverse et se remet à l'endroit : il ne s'agit plus d'*entrer* dans la chambre secrète des « initiés », qui sont voués et se vouent au malheur, mais bien de *sortir* de ce monde étouffant. Par deux fois, le rêveur hésite à sortir : d'abord de la chambre de torture, puis du souterrain, comme si décidément il fallait apprendre à devenir libre et en quelque sorte se rééduquer. La « secte » religieuse qui accueille le voyageur dans ce qui ressemble à la montagne de Montserrat ne ressemble pas à une secte : elle figure symboliquement ce que devrait être une famille, et à partir de là ce que devrait être une communauté libre de toute organisation. Les habitations troglodytiques montrent que le rêveur vient d'opérer un retour à l'origine en même temps qu'il s'est aventuré dans l'ailleurs, un retour dans le sein de la terre-mère, une découverte d'un ventre habitable et accueillant. Le franchissement de la rivière avait donc bien un caractère initiatique, qui tenait aussi compte de l'histoire, puisque les lieux auxquels il était fait allusion au début du rêve étaient les lieux de naissance des parents. On peut alors comprendre les deux « méchants » comme les perturbations des deux lignages. Bien des « initiations » violentes n'ont jamais été que les répétitions d'une violence préalable. Bien souvent, les formes religieuses de l'initiation auront consacré un premier lien malade de dépendance. A l'inverse, on reconnaît une véritable aventure spirituelle à ce qu'elle favorise l'émancipation de la personne. Le sentiment intérieur en est le seul juge, c'est pourquoi des voies officielles ne cessent de mettre en garde contre ce sentiment – qualifié d'émotion trompeuse, voire de sensibilité maladive. Elles savent bien que si l'être se fonde sur son sentiment profond, il cherchera l'air libre et sonnera le glas de leur pouvoir. Elles devront alors dévoiler leur violence en même temps que leur imposture.

Les rituels initiatiques sont malades de la coutume et du groupe. Parce qu'ils se fondent sur la coutume, ils ne peuvent en aucun cas favoriser l'émergence du nouveau ; ils ne peuvent donc transmettre que du déjà vu et risquent, de ce fait, d'empêcher le nouveau venu de voir vraiment. Parce qu'ils se fondent sur le groupe, ils brisent par avance l'intimité de l'individu, en cherchant à soumettre son expérience intérieure à l'autorité sociale. La véritable initiation se fera donc contre la coutume et contre le groupe, quitte à s'affronter aux angoisses de l'ignorance et de l'isolement. La véritable initiation sera, dans sa forme, anti-initiatique, elle se moquera des représentations figées et n'obéira à aucun pouvoir. Elle ne recevra pour guides que ceux qui, acceptant par avance d'être transitoires, ne l'aliènent pas – et si elle n'en rencontre aucun, elle suivra simplement le fil du cœur dans le labyrinthe existentiel. La véritable initiation est la vie même, aussi bien quand elle se déroule dans son intensité que lorsqu'elle tâtonne et se cherche. Mais la mort toujours veut se substituer à la vie, les codifications disent qu'elles sont un langage, les soumis se prétendent initiés, les chuchoteurs laissent entendre qu'ils détiennent des secrets, les religions se décernent le titre de gardiennes des mystères – alors que depuis belle lurette le mystère s'est sauvé sur l'autre rive, chez les troglodytes.

L'initiation ritualiste commet une autre erreur : elle fausse la relation entre expérience et connaissance. Comme elle délivre un enseignement au même moment où elle impose un certain nombre de pratiques au postulant, elle laisse entendre et finalement fait croire que cet enseignement est directement issu des épreuves endurées, alors qu'il ne s'agit que de mise en scène. L'organisation de la coutume imite l'expérience humaine qui, de par son intensité et sa profondeur, donnerait une connaissance qui serait en quelque sorte née d'elle. Cette initiation, cette parodie cache et refoule la véritable aventure intérieure ; elle coupe l'être de son sentiment et le détourne de la mystique, puisqu'elle ne reconnaît que les voies en mesure de présenter un agrément social.

Une expérience authentique se reconnaîtra, *a contrario*, par ce lien retrouvé avec la connaissance même, et surtout quand elle ne peut se formuler au départ et semble impotente dans cette incapacité de se dire. Comme les nourrissons, la connaissance nouvelle ne parle pas. Elle vient de naître et demeure pour l'instant occupée du sentiment de soi ; elle se médite à l'écart dans son berceau. Ce lien quasiment filial entre connaissance et expérience est de l'ordre de la révélation – cet antispectacle. L'initiation ritualiste cherchait donc à en empêcher l'émergence, ce qui là encore ne devrait pas nous étonner, puisque c'est toujours au nom de la révélation qu'on persécute la révélation. Quant au sens retrouvé, il apparaît bien en analogie avec la filiation : il naît de ce qui se passe et de ce qu'on vit. Il peut admettre cependant une part rituelle, mais à une double condition : que le rite comporte déjà le processus de symbolisation ; que l'expérience individuelle prenne le pas sur la volonté du groupe. Cela suppose d'une part que le récit – notamment le récit mythique et le récit historique – supplante toute pratique sur le corps et sur le comportement ; d'autre part que l'écoute de la vie de l'être l'emporte sur ces récits – autrement dit que l'existence soit reconnue comme la mesure et le sens ultime du texte sacré.

L'enseignement n'a de sens que si le voyageur est écouté. Les versets traditionnels n'ont de sens que si la vie du voyageur est reconnue comme leur continuation et leur renouvellement. Il n'y a pas de sens caché *dans* le texte, puisque le sens est caché dans la personne humaine qui se confronte au texte. Un texte est *compris* quand il a éclairé qui l'écoute. Il n'y a pas de voie ésotérique différente de l'existence elle-même, parce qu'il n'y a rien d'autre que ce qui est, et ce qui est se suffit, et je n'ai besoin de rien d'autre pour être que le sentiment d'être, et je ne reconnais la richesse des textes traditionnels que dans la mesure où ils favorisent ce sentiment. Mais si on les manipule au détriment de ce rapport intime à soi, si on les utilise notamment contre le corps, le voyageur ne pourra se constituer qu'en s'écartant des traductions-pièges, quitte à se détourner du récit pour se concentrer sur son seul livre de vie. Il sait d'instinct que le présent est le seul lieu vivant de la mémoire et que le nouveau-né n'a pas plus à s'adonner au culte des ancêtres que l'aspirant n'a à se plier à la volonté des officiants. Là où il n'y a pas d'émancipation, il n'y a pas d'initiation.

Du mythe à l'histoire

Le sacrifice prétend imiter la mort ; en fait, il la caricature au profit de la violence et, finalement, il la *tue*. Mythes et pratiques rituelles tournent autour de cette confusion des thèmes, à commencer par l'histoire de Purusha telle qu'elle nous est transmise dans la cosmogonie hindoue :

> Le cosmos dans son ensemble a la forme de Purusha, la forme d'un homme. Il a mille têtes et mille pieds, son corps s'étend au-delà même de la terre et couvre tout l'univers [...].
> Il fut découpé et chacun des morceaux devint une partie de l'univers : sa tête est devenue le ciel, son nombril l'air, ses pieds la terre, de son esprit jaillit la lune, de son œil le soleil et de son haleine le vent.

La question ne vient pas du fait qu'un être cosmique soit devenu le monde tel que nous le connaissons, qu'un *anthropos originel* ait transmué son corps de géant en éléments constitutifs du réel – rien de plus *naturel* pour la pensée mythique. La question vient du fait qu'il ait dû pour cela voir son corps découpé par les sacrificateurs. En ce sens, malgré le *désir* du texte, les parties de son corps ne sont pas *devenues* les parties de l'univers : elles ont été volontairement et violemment changées en elles. On pourra nous dire que nous avons tort de nous inquiéter, qu'il s'agit d'une figure et qu'il revient aux commentateurs d'en extraire toutes les significations. Sans doute. Mais la figure garde quelque chose du modèle. Si le mythe se développe autour du sacrifice, il est à craindre que des pratiques rituelles commémoratives l'imitent cruellement. Si l'origine se dit par la violence, il est à craindre que la nouvelle origine se conçoive à partir de la destruction, et nous retrouvons ici le drame de certaines pratiques initiatiques. Le lien entre les images et les états psychiques qui les sous-tendent est si puissant que, par la force des choses, le thème mythique va imprégner le temps rituel. Le découpage du corps du géant des origines risque alors de servir de justificatif à des violences exercées par la communauté sur des individus.

On peut encore renverser la perspective et dire : au commencement était le rite. Le mythe en serait l'extrapolation philosophique et poétique qui viendrait couvrir la monstruosité humaine en lui conférant des lettres de noblesse. Le temps et l'origine seraient alors utilisés comme cautions et garanties pour opérer une transaction inhumaine. Le mythe serait une projection dans le ciel de cet enfer des hommes avec pour mission de l'innocenter. Mais alors, si nous nous laissons entraîner dans cette forme de pensée, nous ne pouvons plus sortir de la violence rituelle sans rejeter en même temps la dimension mythique – et le piège se referme sur nous. Comme si on nous avait demandé de choisir en ces termes : « Ou bien vous acceptez la violence rituelle, et vous bénéficiez du déploiement somptueux du temps des origines ; ou bien vous refusez cette violence, et vous devez logiquement vous séparer des mythes, des ancêtres et des commencements. » A nous de rester vigilants et de critiquer l'enfermement de l'alternative, ce qui suppose de critiquer les termes du mythe.

Le fait que le mythe ait pu être construit à partir de l'expérience initiatique ne change rien fondamentalement : l'origine a pu être transmise, elle a pu être réveillée et rendue consciente par des cérémonies du *milieu du temps* – elle reste l'origine. Mais la forme du discours a pu s'altérer ; ou encore, la forme du discours a pu commencer par être la déformation de l'écoute – et nous retrouvons ici la problématique initiale de la traduction. Peut-être certains prêtres et philosophes auront-ils mal compris ce qui est arrivé à Purusha. Peut-être l'ont-ils mal traduit. On nous objectera que nous projetons notre souci moral sur des textes et des histoires qui ne se réfèrent pas aux mêmes grilles concernant le bien et le mal. Oui, mais il s'agit d'une attitude de départ avouée : le refus éthique du sacrifice est bien le lieu *d'où* l'on parle. Aucune déférence à l'égard d'un texte ou d'une culture ne saurait ébranler cette conviction et cette position de type humaniste : nous désirons nous aussi participer au monde d'en haut et goûter aux pommes d'or du jardin des Hespérides, mais certainement pas au prix de la violence sacrificielle, puisque le respect de la personne et du corps humain n'est rien d'autre que la voie royale de la présence de l'au-delà. Cela ne nous empêche pas de concevoir un drame cosmique originel, mais il peut s'exprimer autrement, à la manière de la mort du dieu chinois P'an Kou :

> A sa mort ses restes se dispersèrent et formèrent les cinq montagnes sacrées de Chine. Sa tête devint la montagne Ti à l'est, son tronc la montagne Soung au centre, son bras droit la montagne Heng du nord et son bras gauche la montagne Heng du sud. Ses pieds formèrent la montagne Houa à l'ouest. Ses yeux devinrent le soleil et la lune, sa graisse se liquéfia et forma les rivières et les mers, et ses cheveux, prenant racine, couvrirent de végétation la terre.

Il n'y a ici aucune trace de pratique sacrificielle. La nature demande simplement à la mort de bien vouloir opérer la mue et ce qu'on pourrait appeler une transmutation énergétique. Ici le corps *devient* bien le monde, et c'est la mort du corps qui permet cette dynamique du devenir. Et cette mort n'a pas été décrétée, elle est venue en son temps. Elle est venue avec le temps, même si le temps déjà la contenait. Aucune volonté particulière n'a prétendu avoir des droits sur la vie et la mort : le rythme organique du vivant contient la mort, qui à son heure vient et opère la transformation. Cette conception va de pair avec ce que nous pourrions appeler une « non-spécificité » de la mort : ce qu'elle opère, la vie peut l'opérer, et elle le faisait déjà comme on le voit dans le texte qui précède le récit de la mort :

> Lorsque P'an Kou pleura, le flot de ses larmes forma le fleuve Jaune, le Hoang-Ho ; il respira et le vent souffla, il parla et le tonnerre gronda, il jeta un regard et l'éclair jaillit de ses yeux. Quand il était de bonne humeur le temps était beau, mais il devenait sombre et nuageux quand il était en colère.

P'an Kou n'attend pas sa mort pour donner le monde. Dès son vivant il se transforme en lui, et la mort n'est qu'un moment d'un processus entamé de longue date ; elle est comme un temps de la vie parmi d'autres. La question n'est plus la mort en tant que telle, mais plutôt la mortalité du dieu. Et cette question est elle-même prise dans la perspective du don. La mortalité serait une figure de ce qui est donné, et la mort comme événement ne serait qu'un passage – elle cesserait alors d'occuper une position fascinante. Pour parler autrement, il s'agit de relativiser la mythologie de la mort au profit d'une intensification de la lecture mythique de la vie. Et pour parler encore autrement, il s'agit de laisser le morbide au placard et de ne se pencher que sur cette émouvante vie humaine qui est la nôtre.

A l'inverse, les sacrificateurs qui prônent la violence insistent sur le moment spécifique comme moment « sacré ». Leur obsession du moment de mourir *déteint* sur le temps rituel qui devient à leurs yeux incontournable et qui pour eux accapare et absorbe le sens entier de l'existence. Parce qu'ils considèrent la mort comme un moment exceptionnel, et non comme un temps parmi d'autres de la vie qui toujours se donne, ils projettent cette exclusive sur la cérémonie qui, par voie de conséquence, se met à faire violence au temps ordinaire : malheur à celui qui n'y participe pas ! Malheur à celui qui manque le temps rituel impérieux ! Toute la perspective initiatique s'engouffre dans cette dramatisation d'un moment qui serait exceptionnel. C'est bien le temps *particulier* de la mise à mort d'un dieu qui exige un temps particulier pour l'initiation. Au contraire, si P'an Kou meurt comme il a vécu, c'est-à-dire en se donnant, si le don de tout le cours d'une vie est la mesure du sacré, comment pourrions-nous le commémorer par une fête spécifique ? Comment pourrions-nous le réitérer au moyen d'une initiation délimitée dans le temps ? Si nous voulons *imiter* P'an Kou et le célébrer, alors il faut faire appel à *toute* l'existence – et toute l'existence est notre cérémonie et notre initiation, et nous pensons qu'il n'y en a pas d'autre. Il s'agira cependant de réaliser *en cours de route* en quoi un événement, une situation ou toute une période nous délivre du sens et nous relie à cet en-haut qui est désormais *notre* profondeur. Célébrer P'an Kou dans cet état d'esprit, c'est l'oublier, lui et ses compagnons les autres dieux des origines, et apprendre par tâtonnement à lire dans ce déroulement de notre vie ce qui se transforme, ce qui se vit, se meurt et se donne, ce qui est, ce qui passe, et surtout ce qui devient.

Je ne prétends pas comparer les pensées anciennes d'Inde et de Chine. Je crois que l'opposition entre le passage par la mort naturelle et les pratiques volontaristes du sacrifice se retrouve à l'intérieur de *chaque* tradition – comme si dans *chaque* tradition, l'interprétation ritualiste menaçait toujours le sens symbolique, au point d'orienter le récit cosmogonique au profit de la violence. Mais dans les deux cas il s'agit de penser la relation entre le mythe et l'histoire. Si le passage du temps mythique à la durée historique se fait sur un mode interventionniste cruel, alors le passage en retour qui affranchit de la durée et relie à l'éternel risque de se faire au moyen de cérémonies violentes ou de leurs substituts ascétiques autodestructeurs. Au contraire, si les dieux entrent doucement – malgré la mort ou grâce à elle – dans le monde des hommes, c'est en douceur que l'expérience humaine pourra goûter aux fruits de leur jardin. Un nouveau renversement s'opère : le passage du mythe dans l'histoire ne se fait plus d'un coup par la mort-don-partage de *l'anthropos* des origines, mais selon les rythmes d'une généalogie. On pourrait dire en souriant : rien de plus naturel ! Le passage d'un temps dans un autre se dissout dans l'engendrement et la filiation. Si les premières générations restent dans le champ mythologique, insensiblement et comme insidieusement apparaissent des générations historiques et leur descendance selon la chair. La généalogie semble court-circuiter le hiatus entre le mythe et l'histoire, elle constitue le passage le plus paisible entre les modalités du temps, au point de se révéler comme un modèle pour le monde d'en-haut. Le sperme supplante le sang comme principe d'origine et, sans crier gare, l'assemblée des dieux se coule dans la lignée ancestrale, l'arbre de vie devient généalogique et, par la même occasion, les symboles se dégagent du piège idolâtre pour revenir au lieu vivant de la mémoire. Et le sang fécond des règles barre la route au sang archaïque du sacrifice, la blessure initiatique cède la place à l'aventure émotionnelle, le cœur congédie les rites, et c'est bien désormais la filiation qui détient les clés de la transcendance au bénéfice d'un messianisme à visage humain.

Les rythmes de la généalogie se retrouvent dans certaines récitations légendaires – hymnes de l'Égypte ancienne ou poèmes celtiques – où l'être se ressaisit au travers de formes successives étonnamment variées, comme s'il s'agissait de ses métamorphoses, c'est-à-dire non de formes extérieures issues d'un temps transhistorique, mais d'états intérieurs qui à proprement parler s'engendrent les uns dans les autres. L'être récite l'histoire de ses propres transformations, et son identité n'est rien d'autre que l'unité cachée dans ce divers des images de soi, de même que la transfiguration d'un être est l'intégrale de ses métamorphoses. Généalogie et transformation intérieure se symbolisent réciproquement. On peut lire une généalogie comme l'histoire d'un être, et le récit des phases d'*une* vie comme l'histoire du monde.

L'unité-intégration des états intérieurs successifs va chercher à se réaliser concrètement, et c'est le corps qui le lui permet – ce corps-mémoire qui n'a besoin d'aucun officiant pour être le lieu des cérémonies. Le corps fait mémoire de la vie personnelle, la colonne vertébrale fait mémoire de la lignée et les os font mémoire du monde, non selon un mode schématique préétabli de façon orthodoxe, mais selon les courants émotionnels et sentimentaux qui relient un être à tout l'être. L'*organique* est sacré. Ceux qui prétendent l'utiliser au profit d'un discours pseudo-religieux et ceux qui prétendent intervenir violemment sur ses réseaux en équilibre au nom d'un but cosmique ne voient pas que, précisément, ils blessent le cosmos et font saigner la généalogie mystique. Ceux qui prétendent, au moyen de cérémonies violentes, représenter le meurtre ou la mort d'un dieu ne voient pas qu'ils échouent quant au caractère subtil et substitutif de la représentation, puisqu'en fait ils répètent réellement le massacre d'origine. Ils sont *eux* en train de mettre à mort – par le sang ou par les larmes ou par les exigences ascétiques – non seulement un être vivant, mais en cet être-là tout le vivant de l'être. Ils ne commémorent rien : ils *réactualisent*. Ils ne se souviennent pas, puisqu'ils continuent. Ils ne figurent rien : ils *sont* les meurtriers. Nous ne sommes plus dans le temps cyclique du rituel, mais de nouveau au commencement terrible d'un monde tout entier menacé par une tragédie.

Par mesure de précaution, mieux vaut ne pas commencer par s'occuper des commencements – mais partir du milieu du temps, autrement dit de la généalogie en cours. Et c'est là que nous retrouvons, on ne peut plus naturellement, les enjeux de l'amour et les risques catastrophiques du désamour, pour cette simple raison que la vie sentimentale est la mesure de la vie religieuse, tant et si bien que désormais la filiation n'a plus à être considérée comme une descendance, mais plutôt comme une ascension. Il ne s'agit pas seulement de la filiation selon la chair, mais aussi d'un enfantement dans la psyché. De même qu'il y a une mort intérieure, il y a une naissance intérieure, et le cycle interne des deuils et des renaissances à la fois dédramatise la mort et chasse les pratiques sacrificielles. Peut-être ne peut-on les abattre que si ce chemin se dégage progressivement, comme s'il ne suffisait pas de combattre l'inhumain – encore faut-il favoriser l'humain et ses voies.

Table

NORMANDIE ROTO IMPRESSION S.A. À LONRAI (07-2001)
DÉPÔT LÉGAL : MAI 1994. N° 21951-3 (011702)